'내'가 문화다

# '내'가 문화다

2018년 11월 25일 초판 1쇄 인쇄
2018년 11월 30일 초판 1쇄 발행

지 은 이   이대현
펴 낸 이   김영애
편    집   윤수미
디 자 인   신유정
마 케 팅   정윤성
인    쇄   ㈜태원디엔피
발 행 처   SniFactory(에스엔아이팩토리)
등록번호   제 2013-000163(2013년6월3일)
주    소   서울시 강남구 삼성로 96길 6 엘지트윈텔1차 1402호
          www.snifactory.com / dahal@dahal.co.kr
          전화 02-517-9385  팩스 02-517-9386

ISBN     979-11-89706-02-9
가 격     15,000원

*이 책은 삼성언론재단의 저술지원으로 출판되었습니다.

# '내'가 문화다

글 이대현

다홀미디어

# Contents 목차

## Prologue

## Human

## Thinking

# Mind

# Feeling

Human

Thinking

Mind

Feeling

# Prologue

문화의 느낌과
생각을 담았다.
거창한 이야기가 아니다.
일상에서 만나고 보고 어울리고
나눈 것들을 모았다.

문화가 별 것인가.
세상에 문화 아닌 것이 없다.
일상이 모두 문화이다.
'나와 너, 우리'가 문화고,
삶과 시간, 생각과 느낌이 문화다.

사소하고 소박하지만
그것들이 모여 세상을 바꾸고,
아름답고 풍성하게 만든다.

삶이 고단하고 팍팍하다.
그럴수록 소박하고 따스하고
감동과 공감의
문화가 간절하다.

이 책에 그 마음이
조금이나마 비쳤으면 좋겠다.

2018. 11월
이 대 현

# Human:

# 01

# 사람

# Culture :

# 문화,
# '사람'이다

문화는 사람이다. 사람이 만들고, 즐긴다. 우리는 인간의 모든 삶에 '문화'란 이름을 붙인다. 자연도 사람이 있으면 문화가 된다. 사람들이 어울리고 만나야 문화다. 혼자 만들고, 자신만 가지면 문화가 될 수 없다. 문화는 시간이다. 이어지고 쌓여야 한다. 그렇지 않으면 잠깐의 '현상'일 뿐이다. 한류도 처음에는 세차게 몰아치고 지나가는 '열풍'이었지만 누군가 그 바람을 계속 일으키고, 맞았기 때문에 문화다.

역사와 언어, 풍습도 인간의 삶과 시간이 있어 문화가 됐다. 문화를 '사회구성원에 의해 창조, 습득, 공유, 전달되는 행동과 생활양식, 그 과정에서 이룩한 물질적, 정신적 소득'이라고 정의하는 이유이다. 좋든, 나쁘든 사람이 있는 곳에는 문화가 있다는 얘기다. 때문에 문화는 살아있는 생명체이다. 시대와 지역, 인종과 종교에 따라 다양하고, 공존하면서 경쟁하고 진화한다. 그 자체가 새로운 문화의 창조이고, 발전이다. 전통조차도 현재와 만나고 미래로 나아간다. 문화란 운명적으로 공동체적이며, 진보적인지도 모른다.

문화는 '감동'이 있어야 하고, 감동은 '공감'에서 나온다. 소통과 공감의 가장 자연스럽고 아름다운 모습이다. 요란하고 크다고, 이념이나 사상만으로 되는 것도 아니다. 작은 영화 한 편으로 수억 명의 가슴을 울릴 수 있는 것. 문화의 힘이다.

기쁨과 슬픔과 아름다움으로 마음을 울리고, 삶에 자부심을 느끼고, 현실을 깨닫고, 함께 사는 세상을 만들려는 모든 것이 문화가 주는 공감이다. 그래서 좋은 문화는 인간을 먼저 생각한다. 위대한 사상이나 문학, 예술작품도 '인간'에 대한 존중과 사랑의 표현이다. 무엇보다 독창성과 다양성, 자유로움부터 소중히 해야 한다. 문화는 그런 사람에게서 나오고, 그런 사람들이 가꾼다.

문화가 넘치는 나라, 문화에 감동하고 공감하는 나라, 차별 없이 그것을 배우고 느끼고 즐기는 나라, 질곡 속에서도 역사와 문화적 전통을 이어온 나라, 그것으로 삶까지 풍요롭고 미래를 창조적으로 열어가는 나라, 모두가 꿈꾸는 대한민국이다. 누구도 그 꿈을 함부로 깨서는 안 된다. 그 꿈이 우리의 삶이고 정신이며 자랑이고 양식이기 때문이다. 그것을 위해 무엇을 버리고, 무엇을 바로 잡고, 무엇을 되찾아야 하는지 고민해야 한다.

'사람'부터다. 좋은 문화는 이념을 뛰어넘는다. 세대를 아우른다. 전통은 혁신을, 혁신은 전통을 소중히 한다. 프랑스의 장 미셸 지앙은 "문화는 정치"라고 했다. 맞다. 문화가 곧 정치인 시대이다. 그렇다고 정치가 문화를 만드는 것은 아니다. 사람부터 받아들여야 한다. 사람이 없으면, 문화도 없다.

## '문화'없는 국회

국회에 '문화'가 없다. 말로만 문화를 외치지 여·야 가릴 것 없이 문화전문가가 보이지 않는다. 각 분야의 대표성과 전문성을 살린다는 비례대표에도 전무하다. 여야 모두 줄줄이 정당인, 노동운동가, 교수들이다. 크게 보면 하나같이 정치인 또는 정치적 인물이라고 해도 과언은 아니니 먹고사는 문제가 절실하니 문화에까지 신경 쓸 겨를이 없다는 말은 거짓이다. 문화 황무지여도 좋다고 생각하거나, 문화에 관심이 없거나, 문화를 모르는 무식의 소치이다. 전부 다 일지도 모른다.

자칭 '문화전문가'가 더러 있다. 그러나 문방위원 한두 번 했다고 전문가라고 생각하면 착각이다. 문화·예술에 대한 철학, 문화에 대한 인식은 하루아침에 생기지 않는다. 연극 몇 편 보

고, 보좌관들의 도움으로 관련법 한두 개 발의하고, 어설픈 칼럼 모아 책 한 권 냈다고 문화전문가는 아니다. 아무리 문화에 대한 정부와 국민의 바람이 강하고, 정책을 제안해도 국회의 이해와 협조가 없으면 어렵다. 문화국회 없이 문화국민, 문화국가는 불가능하다.

　'문화'하면 우리는 프랑스를 부러워한다. 1959년 드골이 세계 최초로 문화부를 만들어 대문호 앙드레 말로를 초대장관에 앉힌 이래 정부와 지방자치단체, 의회가 함께 "모두에게 문화를" 외치고 있다. 『문화는 정치다』의 저자인 장 미셸 지앙의 말처럼 "프랑스에서 문화와 예술은 명실공히 사회구성원 모두를 이롭게 하는 공공재"이다. 문화의 자부심, 다원화, 민주화, 산업화와 더불어 문화정치의 연속성과 전문화 덕분이다. 우리는 언제 그렇게 될까.

# 그레이
# 리스트는 없나

1958년 비가 내리는 어느 가을 저녁, 독고준의 하숙집으로 친구인 김학이 소주 한 병과 오징어 두 마리를 들고 찾아온다. 둘은 소주를 마시며 학술동인지 '갇힌 세대'에 실린 독고준의 글에 대해 이야기를 나눈다. 이 땅의 민족주의와 민주주의에 회의를 품고 있는 독고준은 집단과 혁명을 앞세운 동인회同人會인 '갇힌 세대'에 들어오라는 김학의 제의를 시니컬하게 거절한다. "혁명은 언제나 최대의 예술이지만, 그 예술이 불모의 예술인 것은 이미 실험이 끝난 것"이라는 말과 함께. 독고준은 남이면서 북이고자 했고, 민주주의이자 사회주의이고자 했으며, 자유이자 평등이고 싶어 했다. 한국전쟁 포로로 남도 북도, 타락한 민주주의도 변질된 사회주의도 싫어 제3의 장소를 선택했지만 그곳 역시 광장이 아닌 밀실이라는 절망으로 바다에 몸을 던진 소설 『광장』이명준의 다른 모습이기도 하다.

단단한 도그마로 굳어져버린 이 땅의 이데올로기는 그에게 자유 없는 민주주의였고, 평등이 사라진 사회주의였다. 끔찍한 인간 상실의 이념들, 오직 그 메말라 버린 이념의 잣대로만 인간을 구분 짓고, 피아를 구분 짓는 세상에서 선택은 절망이자 자아상실일 뿐이었다. 흑백논리만이 존재하는 사회에서 독고준은 집단이 아닌 '개인'이고자 했다. 집단의 요구에 순응하고, 개인의 자유와 모순되는 집단의 이념의 지배를 받고, '나와 한 편'이 아닌 것은 모두 적敵 아니면, 흑黑으로 몰아버리는 이념의 독선을 거부했다.

그 독고준은 지금도 자신을 드러내지 않은 채 우리 사회 곳곳에 조용히 살고 있다. 얼마 전2018년 7월 작고한 소설가 최인훈은 그들을 '회색인灰色人'으로 불렀다. 이성적이든, 맹목적이든 선택하지 않은 자는 예나 지금이나 회색의 의자에 깊숙이 파묻혀서 흑백이 만드는 세상을 바라보기만 할 수밖에 없다고 했다. '갇힌 인간'들이 횡행하는 세상에서 열린 인간이고 싶어 하는 자들에게 주어지는 것은 자유가 아니라, 소외이다. 흑과 백 어디에서도 그들에게 문을 열어주지 않는다. 그들에게 세상은 '속으로 번연히 쾌가 그른 줄 알면서 얼렁뚱땅 거짓말이나 하는 유식한 분들이 정치를 하고, 사업을 하고, 신문을 내고, 교육을 파는 판'이다. '혁명'으로 세상이 뒤집어지고, 이념이 다른 정권이 들어서 흑이 백이 되어도 바뀌는 법이 없었다. 그 사실을 누구보다 잘 알고 있기에, 결코 기회주의자가 될 수 없기에 회색인들은 흑이나 백이 되지 못하는 것이다. 독고준이 말한 '사랑과 시간'은 아직도 대안이 되지 못하고 있다. 오히려 그가 우려한 것처럼 사랑은 자기집단만을 위한 광적인 에고ego로 변질되었다.

시간은 거꾸로 가거나, 되돌아갔다 오기를 반복한다. 권력은 상대를 죽이기 위해 서슴없이 살생부를 만들어 '칼의 노래'를 부른다. 조국과 민족을 내건 '개혁'에는 '복수의 피'가 어른거리고, '탐욕'의 악취가 풍긴다. 그 피와 악취를 숨기기 위해 정권은 온갖 권모술수와 부정을 동원한다. 그뿐이랴. 주구走狗들은 진실과 양심을 팽개치고 과장과 궤변과 강변의 천박한 춤을 춘다. 세상에는 집단이 아닌 개인, 밀실이 아닌 광장의 자유로운 영혼인 '회색인'들도 있다. 빨강, 파랑 노랑이고 싶은 사람도 있다. 오로지 흑과 백만이 존재하고, 흑과 백은 결코 섞일 수 없다고 생각하는 사람들은 이런 질문부터 한다. "너는 어느 편이냐"고. 그래서 내 편이면 흰 칠을 하고, 아니면 검은 칠을 해버린다. "어느 편도 아니요"나 "양편 모두 입니다"는 '흑'으로 의심하거나 간주한다.

역사는 이념의 대립, 이분법 속에서 많은 회색인, 실제로는 아무런 색깔을 갖지 않은 사람들의 비극을 말해주고 있다. 한국전쟁에서 얼마나 많은 사람들이 목숨을 지키기 위해 어쩔 수 없이

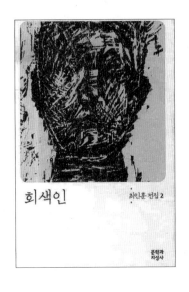

회색인

최인훈 전집 2

문학과
지성사

낮에는 백, 밤에는 흑이 되기를 반복하다 결국 '회색인'이란 낙인으로 양쪽으로부터 죽음을 당했는가. 지금도 세상은 흑과 백이 서로 자리를 바꿀 뿐, 회색이 설 자리는 없다. 회색은 흑과 백이 자연스럽게 섞여 만들어진다. 비율에 따라 조금 더 어둡기도 하고, 밝기도 하다. 불가佛家에서 회색은 빛을 반사하는 백과 그 빛을 흡수하는 흑의 조화로 '중용'을 상징한다. 인류 역사를 돌아보면 흑과 백의 조화를 소중히 한 곳, 이분법과 집단논리로 개인의 정체성을 강요하지 않은 곳에 아름답고, 다채롭고, 풍성한 삶과 문화예술이 있었다. 흰색만으로는 아무것도 그릴 수는 없다는 사실은 삼척동자도 안다. 캄캄함 어둠黑에서 벗어나 밝은 빛白 속으로 나와도 그림자는 있어야 한다. 회색, 나아가 세상의 모든 색을 소중히 하고 적극 받아들여야 열린 세상이고, 열린 예술이다. 정말 소중하고 필요한 것은 '그레이리스트'일지 모른다.

# 번역을
# 부탁해

미국의 시인 로버트 프로스트는 "시란 번역하면 사라지는 것"이라고 했다. 시뿐인가. 어떤 글이든 원래 느낌과 감정, 글에 스며있는 영혼의 숨결까지 오롯이 다른 언어로 담아내기란 결코 쉬운 일이 아니다. 그럼에도 불구하고 바벨탑이 무너진 이후 서로 다른 말과 글을 사용하는 인간에게 '소통'과 '공유'로서 번역은 필연이다. 특히 문학에서는. 문학은 그 모습과 언어가 어떻든 인간의 다양한 삶을 담고, 그것으로 더 넓은 세상으로 나아가 나와 다른 인간을 이해하고, 정신세계를 풍요롭게 하기 때문에.

프로스트의 말을 뒤집으면 번역은 '또 하나의 창작'이다. 극단적으로 말하면 단순히 다른 언어로 바꾸는 것이 아닌, 그 자체로 시나 소설을 써야 한다는 것이다. 아무리 뛰어난 문학성을 가진 작품이라도 그 나라의 언어적 감성과 감각으로 되살리지 못하면

시와 소설은 낯설고 향기 없는 '이방인'이 되고 만다. 한강의 소설 『채식주의자』도 다른 번역가를 만났다면 뛰어난 또 하나의 '영문학 작품'이 되지 못했을 것이다.

작가와 공동으로 맨부커상인터내셔널 부문을 수상한 데보라 스미스의 말도 비슷하다. 그녀는 "번역은 시인의 작업과 비슷하다"고 말했다. "문학작품을 번역하고 있다면, 그 번역 자체로 훌륭한 작품이어야 한다"는 것이다. 그녀는 작품의 '리듬'을 찾으려 노력했고, 한 문장을 번역하는 데 20가지 가능성을 놓고 고민했다. 그 섬세한 번역으로 『채식주의자』는 "영어로 완전히 제대로 된 목소리를 갖췄다"고 할 만큼 영문학으로도 훌륭한 작품이 되었다.

우리를 놀라게 한 것은 평가 못지않게 그녀가 '영어를 아주 잘하는 한국인'이 아닌, '한국 문학의 매력에 빠진 영국인'이란 사실이다. 더구나 불과 6년 전에 문학번역가를 꿈꾸며 한국어를 독학으로 시작한 28세당시의 젊은 여성이었다.

만약 번역을 데보라 스미스가 아닌 한국인에게 맡겼다면 영국인들이 작품의 맛과 멋을 제대로 느낄 수 있었을까. 이렇게 『채식주의자』는 우리가 아무렇지 않게 여겼던 '외국어를 잘하는 한국인의 번역'에 의문을 던졌다.

그렇다면 누가 해야 하나. 외국소설의 국내 출판을 보면 그 답

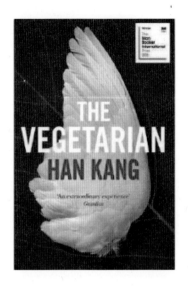

은 자명하다. 일본소설을 국내에 출판할 때 누가 번역을 하는가. 한국어를 잘하는 일본인인가, 일본어를 잘 아는 한국인인가. 소설이든, 영화든 번역을 원작의 언어를 모국어로 하는 사람이 아니라, 번역되는 언어를 모국어로 하는 사람이 한다. 그런데 한국문학의 외국어 번역 출판은 그렇게 하지 않는 경우가 많다. 작가 못지않은 문학적 감수성과 창의성, 한국어 능력, 한국문학에 대한 열정과 새로운 감각을 가진 번역자가 나와야 한다. 바로 '제3세대 번역가'이다.

## '3세대 번역가'를 위하여

번역에도 세대가 있다. 외국어에 능통한 한국인 1세대. 주로 외국문학을 국내 번역하는 사람들이다. 처음에는 한국문학의 외국어 번역도 이들이 맡았다. 그러다 점점 한국어에 능통한 외국인 연구자들, 이른바 2세대 번역가들이 나타나면서 한국문학의 번역도 '세계화'를 맞았다.

그리고 지금 데보라 스미스로 대표되는 '3세대 번역가'시대를 맞았다. 2010년부터 숫자는 적지만 한국문학을 전공한 전문 원어민 번역가인 이들은 자신이 좋아하는 작품을 골라 문학적 감수성은 물론 언어의 뉘앙스까지 전달하기 위해 고민하고 연구하는, 역량 있는 젊은 번역가들이 속속 등장하고 있다.

덕분에 한국문학의 외국어 번역가도 외국문학의 한국어 번역가만큼이나 많아졌다. 33개 언어권 1,000명 가까이(문화체육관광부 2017년 발표는 837명) 된다. 그러나 실제 꾸준히 전문적인 번역작업을 이어가는 사람은 4분의 1도 안 된다. 석 달 공들여 작품 한 편 번역해야 고작 200~300만원밖에 못 받기 때문이다. 그나마 80% 이상이 6개 주요 외국어(영어, 중국어, 일본어, 프랑스, 독일어 스페인어)에 몰려있고, 외국인 번역가는 극소수이다. 2017년 11월 터키 이스탄불에서 열린 국제도서전에서 에르지예스대학 한국어문학과 괵셀 교수의 말이 현실을 대변한다.

『채식주의자』 이후에 터키출판사들의 관심도 커져서 한국문학의 번역 제의가 많이 들어왔다. 그런데 번역할 수 있는 사람이 5명도 안 된다. 한국에는 이미 터키 문학작품이 60권이나 번역됐는데 그 반대는 3분의 1 수준에 불과하다. 가장 중요한 것은 번역가의 양성이다."

물론 한국문학 번역가를 지원하는 곳이 없는 것은 아니다. 한국문화예술진흥원, 대산문화재단, 한국문학번역금고, 한국문학 번역원 등 대여섯 곳이나 된다. 그러나 대부분 인재의 발굴 양성 보다는 번역 작품에 대한 시상이나 번역기회를 제공하는 것에 그 치고 있다. 변화가 필요하다. 번역가들에게 번역의 기회를 주는 여건 조성이 멈추지 않고, 현지에 한국문학을 번역할 수 있는 역 량을 기를 수 있는 체계적인 프로그램이 필요하다.

이를 통해 원작의 문학성과 색체를 살리되, 글을 읽는 외국인 수용자의 입장에서 효과적으로 이해할 수 있도록 외국어의 뉘앙 스를 헤치지 않는 수준 높은 번역으로 나아가야 한다. 아직도 그 나마 번역다운 번역이 전체 30% 정도라고 하니 한국문학이 세계 로 가야할 길은 멀다. '한류' 열풍을 타고, 젊은 문학도들이 열정 을 바쳐 한국어와 한국문화를 배우고, 한국을 찾고 있다. 스페인 의 알바로 트리고 말도나도, 러시아의 류드밀라 미해에스쿠, 독 일의 빈센트 크루이셀, 중국의 리우 중보, 일본의 다케우치 마리 코 등 이름도 생소한 젊은 문학도들이 한국문학의 매력에 빠져 3 세대 번역가의 길에 들어서고 있다.

그 나라 언어로 작품의 맛과 멋을 고스란히 살려낼 수 있는 실 력과 젊은 감각을 가진 그들이야말로 한국문학, 나아가 한국문화 의 세계화의 중요한 동반자이자, 작가이다.

# 소설로
# 만나는 '아버지'

　그냥 〈아버지〉란 제목도 많다. 외환위기 직후, 이 세상의 아버지들과 자식들을 울리고 위로했던 김정현의 장편소설처럼. 김원일의 『아들의 아버지』처럼 아예 아들까지 내세우거나 앞뒤에 이런저런 수식어를 붙인 작품도 부지기수다. 이탈리아 영화제목을 그대로 따온 김소진의 『자전거 도둑』도 있다.

　문학에서 아버지만큼 크고 무겁고 무한하고 무서운 주제도 없을 것이다. 자식으로, 아니면 아버지로서 누구나 가슴에 아버지를 담고 산다. 작가라고 예외는 아닐 것이다. 글을 쓰는 것이 업<sub>業</sub>인 그들은 '아버지'를 기억 속에 두지 않고 밖으로 끄집어낸다. 자신의 아버지에 대해, 아니면 아버지로서의 자신에 대해, 아니면 아버지와 자신의 관계에 대해 우리에게 이야기한다. 문학은 허구이지만, 문학 속의 아버지만큼은 사실에 가깝다. 그렇다고 온전

히 사실이란 얘기는 아니다. 기억하고 싶은, 기억나는 '사실들'이
다. 좋든, 싫든 과장도 있고, 윤색도 있다. 그리고 거기에는 내가
이해한 만큼의 '아버지'가 있다. 소설에서 아버지는 세상 속의 아
버지만큼이나 다양하고, 비슷하다. 그 아버지들은 위대한 신화 속
의 주인공이 아니다. 아버지에게만큼은 영웅이란 허울을 씌우지
않는다. 그것은 나의 아버지, 나아가 이 세상의 모든 아버지, 그리
고 '아버지로서의 나'를 속이고 부정하는 일이기 때문이다. 그보다
는 나와의 관계 속에서의 운명 지워진 한 남자를 들여다보고 싶어
한다. 그 모습이야말로 아버지에 대한 가장 솔직한 고백이다. 40
명의 작가들이 『아버지, 그리운 아버지』에서 회고한 한결같이 아
름답고 아련하고 그리운 아버지보다도. 작가들도 작품 속으로 아
버지를 불러오지 않고, 그냥 삶에서 기억하고 싶은 아버지가 더

무섭고 작위적인 모양이다.

어떤 관계, 어떤 기억으로 남든 아버지는 아버지다. 부정할 수
도 없고, 부정해도 소용없다. 아버지로 사는 것도 숙명이고, 그
아버지의 자식으로 살아가는 것도 숙명이다. 그 숙명은 평생 아
버지를 보지 못했다고, 아버지가 더 이상 이 세상에 존재하지 않
는다고 소멸하는 것이 아니다. 영원히 '내' 안에 남아있고, 나는 역
시 누군가에게는 영원히 '아버지'로 남아있다. 많은 소설이 그 숙
명의 굴레를 솔직히 드러내거나, 아버지의 죽음을 통해 그것으로
부터 벗어나려 몸부림치다 결국에는 거기에 갇히고 마는 자식들
의 삶을 담는다. 이상문학상 수상작인 김경욱의 단편『천국의 문』
이 그렇고, 김훈의『공터에서』가 그렇다.

요양원에서 죽음을 코앞에 둔『천국의 문』의 아버지는 원망의
대상이다. 그 아버지는 폭력적이고, 야만적이다. 가족에 대한 책
임감도 없고, 가족을 해체한 장본인일 뿐이다. 부모가 이혼할 때
가엾은 생각에 아버지를 선택한 딸은 그 때문에 꿈을 포기했고,
지하단칸방 신세로 전락한다. 딸에게 아버지는 평생 지고가야 할
멍에이고 짐이고 어둠이다. 그래서 은근히 아버지가 빨리 죽어주
기를, 그 굴레와 상처에서 벗어나기를 희망하지만 막상 그것이
이루어졌을 때 딸은 어둠에서 벗어나 오로라를 만나기는커녕 오
히려 자신에게서 아버지와 같은 폭력과 야만을 본다.

『자전거 도둑』에서 구멍가게로 가족의 생계를 겨우 이어가는 아

버지는 어떤가. 도매상에서 몰래 소주 두 병을 더 가져오다가 주인
에게 들키자 아들을 희생양으로 삼는 연극을 하는 비굴한 아버지
다. 흐르지도 못하고 눈 속에 괴어있는 그의 눈물을 보며 어린 아들
은 '차라리 죽은 한이 있어도 애비라는 존재는 되지 말자'라고 다짐
하지만, 어른이 되면서 자신에게서 또 하나의 아버지를 발견한다.

　김훈은 20세기 현대사를 살아낸 아버지와 그 아들의 비애로
운 삶을 담은 소설 『공터에서』의 후기에 이렇게 적었다. '나의 등
장인물들은 늘 영웅적이지 못하다. 그들은 머뭇거리고, 두리번거
리고, 죄 없이 쫓겨 다닌다. 나는 이 남루한 사람들의 슬픔과 고
통에 대해서 말하고 싶었다'고. 마동수는 독립운동을 한다며 중국
땅을 돌아다녔고, 해방이 되어서는 약초를 캐러 다닌다며 아내와
어린 두 아들이 있는 집에 몇 달에 한 번씩 들르는 그런 남루한
아버지다. 소설은 그 아버지의 슬픔과 고통에 대해 말하고 싶었
지만, 말하지 못한다. 추운 겨울 새벽, 술이 취한 채 '식은 녹두지
짐 몇 장과 땔나무 한 묶음을 들고' 대문 밖에 웅크리고 있는 아버
지의 세상을 그저 짐작만 할 뿐이다.

　결국은 마찬가지이지만 아버지가 '삶에 부딪혀서 비틀거리는
것인지', '삶을 피하려고 저러는 것인지' 알지 못한다. 마치 일본
다니구치 지로의 만화 『머나먼 고향』에서 34년 전, 열네 살로 돌
아가서도 끝내 아버지가 왜 그때 가족에게서 떠났는지 물어보지

못한 것처럼. 그리고 누구보다 간절히 원했지만 두 아들도 끝내 아버지의 굴레와 흔적에서 벗어나지 못한다. 아버지의 죽음으로 한평생 끌고 온 시간과 지고 온 짐이 소멸했고, 아버지의 몸은 검불 같은 것이었음에도 불구하고 그들의 시간은 짓눌려졌다. 아들이 아버지의 무게로부터 달아날 수 있는 곳은 세상에 없었다.

죽은 아버지는 밥 익은 냄새와 고등어 굽는 냄새 속에서 떠오르고, 겨울 추위나 음식 냄새의 끄트머리에서 살아난다. 어느 날 우연히 거울에 내가 아닌 아버지가 있어 깜짝 놀라듯, 생김새와 걸음걸이까지 아버지의 모습으로 돌아온다. 혈연의 사슬을 끊기 위해 외국 땅을 떠돌아도 그 속박에서 벗어날 수 없을 것이란 어린 시절의 예감에 결국 결박당한 자신을 발견한다.

이렇게 우리 소설은 초라하고, 어둡고, 남루하고, 때론 비굴한 아버지에 대한 기억에 솔직하다. 그것은 결코 미움이나 원망이 아니다. 아버지의 무게와 고통의 굴레에서 벗어나지 못하는 '나'와 역시 그런 아버지일 수밖에 없는 삶에 대한 긍정이고, 연민이다. 이 또한 숙명이 아닌가.

# 윤이상,
# 이제 부르자

경남 통영의 봄은 작곡가 윤이상1917~1995을 기억한다. 국제음
악제를 열고 그의 곡을 연주하고, 사람들은 그의 삶과 음악을 생
각하며 '윤이상 거리'를 걷는다. 통영은 그의 고향이다.

그가 세상을 떠나기 1년 전인 1994년에 독일에서 완성한 마지
막 관현악곡 〈화염속의 천사〉도 2017년 그의 탄생 100주년을 기
념해 코리안심포니 오케스트라에 의해 그곳에서 울려 퍼졌다. 16
분 길이에 6분 가량의 소프라노와 여성합창, 5대의 악기를 위한
에필로그가 붙어있는 이 곡을 그는 스스로 오케스트라를 위한 '교
향시'라고 했다. 금관악기의 고통스러운 불협화음, 오보에의 비통
한 울음, 팀파니의 무시무시한 공포스러운 타격, 슬프지만 부드
럽게 마음을 어루만져주는 하프의 가늘고 아름다운 떨림. 명징하
면서도 독창적인 표현으로 감정과 주제를 깊이 드러내는 이 곡은
윤이상의 말년 음악세계를 집약적으로 보여준다.

우리는 이 곡이 만들어진지 20년이 넘도록 음악회에선 물론이고 녹음음원으로도 들어볼 기회가 거의 없었다. 눈을 감기 두 달 전인 1995년 4월 5일, 윤이상은 자신의 작품연구 1인자로 꼽히는 독일의 발터-볼프강 슈파러Walter-Wolfgang Sparrer와 '마지막 대화'차호성 편역를 나누었다. 윤이상은 이 작품의 배경은 군부독재 말기인 노태우 정권의 1991년으로 거슬러 올라간다고 했다. 사회적인 새 출발을 권유하기 위하여 젊은이들이 대중 앞에서 분신을 해도 사회는 그것을 따르지 않았고, 지금까지도 이 젊은이들의 행동을 인정하려는 노력을 하지 않고 있으며, 분명히 개인적인 확신에서 이루어졌던 행위에 대하여 다르게 보려는 노력도 없는 것을 보며 이 곡을 만들 생각을 굳히게 되었다고 한다.

천사는 실재의 인간으로 순수하거나 사심이 없으며 사회적이거나 도덕적 또는 종교적으로 연관된 행동을 '실천하는 자'라고 했다. 〈화염 속의 천사〉는 그들의 행위를 음악을 통해서 하나의 기념으로써 되새기며, 어떻게 죄 없는 사람들이 그들 사회의 희생자가 되는가에 대한 하나의 예를 제시하는 것이다. 자신이 살고 있는 시대의 문제, 자신의 조국인 대한민국에서 독재정권이 낳은 비극을 음악으로 표현한 것은 윤이상에게 처음이 아니다. 1981년 관현악곡 〈광주여 영원히!〉에서 광주민주화운동의 비극을 격렬한 표현으로 담았다. 이 작품에서 윤이상은 다분히 자신의 정치성을 내보여 더욱 군부독재정권으로부터 배척받았다.

그러나 마지막 관현악곡은 그 어떤 정치적 영향이나 선동적 입장을 따르지 않았다고 했다. 작곡가로서 단지 양심을 지키기 위해 썼다는 것이다. "나의 민족을 위한 마지막 관현악 작품입니다. 분신으로 죽어 간 젊은이들을 영웅으로 치켜세우려는 것이 아닐뿐더러, 그들 중 그 누구도 성인으로 만들 생각은 없습니다. 하지

출처: 통영국제음악재단

만 그들이 천성과 자신들의 순수한 영혼의 열정과 걸맞게 행동하였던, 그럴 수밖에 없었던 사실을 우리는 기억 속에 간직해야 할 것입니다."

윤이상은 현대사의 비극을 사실적으로 묘사하지 않고 우리에게 음악적으로 기억하도록 했다. 그것을 위해 다채롭고 독창적이면서도 한국인들에게 익숙한 전통음악의 연주법에 서양음악의 구조를 이상적으로 조화시켜 친근하고 구체적인 감정과 이미지로 다가오게 했다. 윤이상 역시 한국인의 피와 정서를 가진 음악가이다. 그가 세계음악계에 가장 널리 알려진 한국의 작곡가란 사실은 누구도 부인할 수 없다. 일찍이 음악에 대한 천재성을 발휘해 일본, 프랑스, 독일에서 공부를 하고, 1959년 독일의 다름슈타트음악제에서 쇤베르크의 12음계 기법에 한국의 정악을 결합시킨 〈7개의 악기를 위한 음악〉을 발표, 유럽음악계의 주목을 받은 윤이상. 그에게 남북분단과 이데올로기 갈등은 굴레이자, 비극이었다.

그에게는 평생 씻지 못할 상처가 1967년 동베를린 간첩단 사건으로 무기징역을 선고받았지만 세계 음악계의 구명운동으로 2년 만에 석방돼 조국을 떠났고, 1971년 독일로 귀화했다. 대한민국을 떠났지만 누구보다 조국과 민족을 생각하면서 우리의 전통음악과 연주기법을 서양 현대음악에 심은 윤이상은 끝내 돌아오지 못했고, 죽어서도 이국땅<sup>베를린 가토 공원묘지</sup>에 묻혔다. 반세기전 동베를린 간첩단 사건이 그를 우리 곁으로 불러오지 못하게 했다.

　　이데올로기와 과거사로 그를 외면하고, 가슴을 열고 그의 음악을 들으려 하지 않고, 그를 추모하는 것조차 정치적으로 매도하곤 했다. 그러나 이제는 그를 '이념'에서 풀어주어도 되지 않을까. 그가 역사와 조국에 상처를 남긴 것이 아니라, 어쩌면 역사와 조국이 그에게 상처를 주었는지 모른다. 2006년 참여정부가 "박정희 정권이 정치적 목적을 위해 대규모 간첩사건으로 외연과 범죄 내용을 확대, 과장했다"고 발표한 것처럼 동베를린 사건도 독재와 폭력이 난무하던 시대가 낳은 비극이다.

윤이상, 이제 부르자

국민적 합의나 평가가 완전히 끝난 것은 아니지만, 이미 그는 역사가 됐다. 통영에서 울려 퍼지는 그의 음악은 우리 삶 속에 들어와 있다. 2018년 3월 20일, 그의 유해가 통영국제음악당 뒤편 묘역에 안장됐다. 세상을 떠난 지 23년이 지나서야 꿈에 그리던 고향의 품에 안긴 것이다. 아직도 이념의 굴레를 씌워 유해조차 귀향을 반대하는 사람들 때문에 조용히, 비공개로 돌아와야만 했다는 사실이 우리를 부끄럽고 슬프게 했다. 너럭바위에 초서체로 음각된 네 글자 처염상정處染常淨은 진흙탕 속에서 피어나지만 흙탕물이 묻지 않는 연꽃이란 뜻이다. '어느 곳에 있든 깨끗함을 잃지 않겠다'는 윤이상의 인생관이었다.

남북의 경계인으로 살았다는 이유만으로 그를 조국의 울타리에서 밀어내고, 블랙리스트에 '윤이상평화재단'을 집어넣어 기억조차 막는 것은 개인을 넘어 민족의 불행이며 어리석은 짓이었다. 그가 남긴 세계 속의 한국음악의 존재가치를 생각하면 더 더욱. "예술로 두각을 나타내는 것 자체가 애국이다." 백남준이 윤이상에게 남긴 말이다.

Chapter06 Human

# 누군가 응답하라,
# '2020'을

뉴케드새로운 케이블 드라마란 신조어를 낳고 유행시킨 〈응답하라〉의
세 번째 시리즈가 끝난 지 3년. 인기는 물론이고 각 시리즈마다 1
년의 방영 간격2012, 2013, 2015으로 보면 네 번째 시리즈가 나와도 벌
써 나왔어야 했다. '1997'이 처음이었고, '1994'가 그 다음, '1988'
이 마지막으로 세월을 조금씩 과거로 거슬러 올라갔으니 네 번째
시리즈가 나왔다면 격동의 '1980'이 아니었을까. 그런데 '1988'에
서 멈췄다. 더 이상 과거로 돌아가면 그 시절의 청춘들이 이미 노
년으로 접어들었고, 이미 많은 드라마와 영화가 1980년을 다시
기억하고 돌아왔기 때문일까.

〈응답하라〉 시리즈가 아버지나 형의 이야기지만 젊은이들에
게까지 충분히 감정이입이 되었음을 생각하면, 비록 광주 이야기
에 초점을 맞추었지만 영화 〈택시운전사〉가 흥행대박을 터뜨린

것을 보면 인기나 시청률을 그리 걱정할 일은 아니다. 배우들의 자연스러운 연기, 기억을 불러내는 자잘하면서도 섬세하게 그려내는 에피소드, 그 시대의 아이콘을 축으로 삼는 전략, 적절한 시점이동에 의한 과거와 현재의 비교와 연결, 시대의 느낌을 살린 소품과 무대 등 재미와 감동의 요소들만 그대로 유지한다면.

그보다는 〈응답하라〉가 이제는 시계를 앞으로 돌렸으면 좋겠다. 두 번째까지는 한쪽에서 복고 코드니, 퇴행적 정서니 하는 소리가 나와도 흘러 들었다. 언제는 없었나. 현실이 힘들 때 가끔은 낡은 앨범을 펼치듯 떠올리는 과거의 추억은 달콤하다. 더구나 그때는 모두 꿈이 있었다. 새로운 정부, 새 지도자가 분명 미래의 어느 날 우리를 행복한 〈응답하라 2013〉의 주인공으로 만들어 줄 것이라고.

그런 기대가 무참히 사라져버렸음에도 더 먼 과거로 돌아가 추억을 끄집어낸 것은 씁쓸했다. 거기에도 고통과 눈물과 슬픔은 있었지만 그것이 결코 위안일 수는 없었다. 그리고 또 다시 새로운 시대를 맞았지만, 여전히 쉽사리 희망은 올 것 같지 않다. 베이비붐 세대의 끝자락인 그때의 주인공들은 위태롭고 불안한 삶 앞에 서 있고, 그들의 아들·딸들이 3포에서 5포를 지나 모든 것을 포기한 '올포' 세대가 되어가고 있다.

과거로의 여행으로는 캄캄한 현실의 터널을 벗어나 미래로 나아가지 못한다. 뒤를 돌아보고 "응답하라!"라고 소리치면 공허한 메아리만 돌아온다. 점점 어둠 속으로 깊이 빠져들 뿐이다. 차라리 현실의 상처와 절망을 드러내 지금 이곳의 청년세대가 얼마나 참담한지를 깨닫게 해준 〈미생〉이 더 솔직했다. 한걸음 나아가 미래의 우리를 만나야 한다. 〈응답하라〉도 돌아서서 그 미래를 위해 걸어가야 한다. 우리가 어떻게 모습을 바꾸어야 하는지 보여주어야 한다. 먼 곳까지도 아니다. '2020'이면 된다. 그래야 곧

누군가 응답하라, '2020'을

현실이 된다. 멀면 누구도 응답하지 않는다. 응답하지 않으려 한다. 상상력이 부족하다고 말하지 말라. 상상력은 하늘에서 떨어지는 것이 아니라, 우리가 원하는 미래가 상상력이다.

우리가 허구라고, 달콤한 판타지일 뿐이라고 여겼던 영화와 드라마가 때론 현실을 바꾸고, 미래를 얼마나 정확하게 예견하는지 안다. 인공지능AI이 인간의 절대영역이라고 여겼던 것들을 빼앗으면서 인류 역사와 삶을 송두리째 뒤흔들고, 나아가 세상을 지배하는 충격을 이미 오래 전에 미래를 향해 '응답하라'고 외쳐 보여주었다.

여전히 우리는 반세기 전의 낡은 사고와 가치관에서 한 걸음도 나아가지 못하고 있다. 젊은이들이 살아갈 세상을 아무도 열어주지 못하고 있는 것이다. 말로는 '청년을 위한 나라', '노인을 위한 나라'를 만들겠다고, 새로운 권력이 청년들에게 다시 희망을 돌려주겠다면서 기껏 외치는 것이 'Come back'이고, 찾는 것이 '내편'이고, 손에 드는 것이 '유통기한 지난 약'이다. 새로운 세상을 만들겠다면서 허울뿐인 숫자로 업적이나 자랑하고, 높은 벽을 쌓아놓고는 차별과 불평등을 해소하겠다는 것이다. 허구일망정 드라마가 이런 낡은 프레임을, 그것에 매달린 것들을 모두 부셔버리고 새로운 틀을 한번 만들어봤으면 좋겠다. 그래서 지금은 그 틀을 현실에서 만들 사람이 여기에도 없고, 저 앞에도 없지만 "누군가 응답하라, 2018"이라고 더 큰 목소리로 외칠 수 있도록. 그래야 영화와 드라마에서처럼 세상이 바뀔 것이다.

## 그들도 묻고, 답하라

'시대마다 그 시대의 물음이 있다. 우리시대에도 우리시대의 물음이 있다. 이 사회와 나라와 겨레는 우리에게 묻는다. 너는 이 사회를 위해, 이 나라를 위해, 이 겨레를 위해 무엇을 어떻게 하려는가. 과거장科擧場에 나아간 선비가 비장한 포부를 펼치던 심정으로, 지금 우리는 이 시대의 물음에 나름대로의 책문策問을 진술해 보아야 한다.'

동양철학자인 김태완이 번역·출간한『책문』에 쓴 후기이다. 10여년 만인 2015년, 우리시대가 안고 있는 온갖 문제들로 역사 발전을 퇴행시키고 있는 정치인, 지도자들의 책무와 올바른 역사의 방향을 제시하고 싶어 그는 이 책을 다시 펴냈다. 304명의 꽃다운 생명들이 숨진 '세월호 참사'가 일어난 직후였고, 그 어이없고 엄청난 비극 앞에 책임지려는 지도자 하나 없던 참담한 때였다. 탐욕과 오만에 빠진 권력이 국정을 농단하는 세상에 다시 한 번 '책문'의 의미와 가치를 일깨워주고 싶었다.

33명이 치르는 조선시대 과거시험의 마지막 관문으로 왕은 그 시대 가장 시급한 문제를 물었다. "그대가 재상이라면 어떻게 하겠느냐"고. '왕은 다음과 같이 말한다'로 시작하는 책문은 구체적이고 방대하며, 거리낌이 없었으며, 날카로웠다. 왕의 깊은 고민과 기대가 솔직하게 드러났다.

'지금이야말로 전란의 뒤처리를 잘하기 위한 계책이 꼭 필요한 때이다. 일일이 다 거론하기 어려운 정도로 많은 눈앞의 폐단들을 해결하려고 생각을 하지만 방법을 모르겠다. 내가 잘 다스리고자 하는 정성이 부족하다는 것을 알지 못하고 성급하게 추진하기만 해서 그런 것인가? 아니면 갖가지 행정체계는 갖추어져 있지만 실효가 아직 드러나지 않아서 그런 것인가? 아니면 나라가 이미 쇠퇴기에 접어들어서 도저히 만회할 수 없기 때문인가? 폐단이 일어나는 원인에 대해 상세히 말해보라' 광해군의 물음이었다.

'왕이 외적을 대하는 방법은 정벌 아니면 화친 두 가지 방법밖에 없다. 같은 정벌이라도 흥하고 망한 차이가 있고, 같은 화친이라도 다스려지고 어지러워진 차이가 있는 것은 무엇 때문인가?' 임진왜란과 병자호란을 혹독하게 겪은 선조가 젊은 지성, 새 관료가 되려는 이들에게서 듣고 싶었던 외교 전략이었다.

세종은 "법이 제정되면 그에 따른 폐단도 함께 생긴다"면서 그것을 고치기 위해 이미 나와 있는 대책이 과연 타당한지, 아니면 다른 의견이 있는지를 물었다. 명종은 관리들이 부정과 부패, 탈법을 자행하는 현실을 개탄하면서 6부 관리들이 제 역할 할 수 있는 개혁방안을 요구하기도 했다. 우리의 교육제도에 문제가 있다면 어떻게 개선해야 할지에 대해 말해보라는 명종의 책문도 있었다.

젊은 선비들은 자신이 가진 학문적 깊이와 사회 인식, 철학과 소신으로 답안, 즉 대책對策을 냈다. 아침부터 해거름까지 12미터가 넘는 종이를 빡빡하게 채웠다. 겸손을 갖추긴 했지만 책문에 못지않게 날카로웠으며, 주저함이 없고 진솔했다.

성삼문은 세종의 책문에 "법을 뜯어고쳐야만 이상적인 정치를 이룰 수 있는 것은 아니다"라는 소신을 밝히면서 "법 이전에 임금 자신이 먼저 성찰해 성군들의 마음을 본받으라"고 충고했다. 이황의 문인으로 정유재란 때 의병장으로 싸운 박광전은 선조의 책문에 "정벌은 힘에 있고, 화친은 형세에 달려 있다"고 명쾌하게 답하면서, "이 두 가지를 논하기 전에 임금이 덕을 쌓아 적이 저절로 찾아올 만큼 신뢰와 위엄을 갖추어야 한다"는 평소 마음에 품고 있던 생각을 말했다. 때론 목숨을 건 직언과 비판을 한 선비도 있었다. 광해군 3년1611년에 치른 별시문과에서 임숙영은 "스스로의 실책과 국가의 허물에 대해 거론하지 않았다"면서 "지금 시급하게 힘써야 할 나랏일이 무엇인지"를 묻는 왕을 공격했다.

그리고는 스스로 네 가지 왕의 실책인 궁중 기강과 법도가 엄하지 않은 것, 언로가 열리지 않은 것, 공평하고 바른 도리가 행해지지 않은 것, 국력이 쇠퇴한 것을 거론하면서 "나라의 병은 왕인 바로 당신의 잘못에 있다"고 일갈했다. 여기에 그치지 않고 척족의 횡포와 왕에게 아첨하는 당시 실세인 이이첨을 비난하면서 왕에게 깊은 수양와 자만심 경계를 주문했다.

당연히 조정이 발칵 뒤집혔다. 그러나 폭군이라는 광해군 시대도 지금보다는 나았다. 조정에 권력의 눈치를 보지 않고 올곧은 인재를 과감히 발탁하려고 끝까지 고집한 인물들이 있었다.

과거시험을 주관하는 시관인 우의정 심희정이 그랬고, 영의정 이덕형과 좌의정 이항복이 그랬다. 심희정은 임숙영의 기개와 충심을 적극 받아들여 장원으로 급제시키려고까지 했으나 다른 시관들의 반대로 병과로 합격시켰다. 그러자 임숙영의 대책을 읽고 진노한 왕은 합격자에서 임숙영의 이름을 삭제하는 삭과削科를 명했다. 이번에는 삼사사헌부·사간원·홍문관에서 간쟁하고, 정승 이덕형과 이항복이 나서 삭과의 부당성을 주장했다. 광해군도 어쩔 수 없이 4개월 후에 삭과의 명을 거두었다.

하물며 조선의 왕과 신하들도 이러했을진대 21세기 대한민국 지도자와 그를 따르는 자들은 어떠했고, 어떠한가. 그들도 묻고 답하라.

# 꽃, 사람이
# 있어 문화다

'내가 그의 이름을 불러 주기 전에는/ 그는 다만/ 하나의 몸짓에 지나지 않았다./ 내가 그의 이름을 불러 주었을 때/ 그는 나에게로 와서/ 꽃이 되었다.' 김춘수 시인의 '꽃'이다.

시의 해석은 읽는 사람 마음이다. 이름이 불리기 전에는 꽃도 '하나의 몸짓'에 불과했다는, 사람들이 그 이름을 부르면서 의미가 부여됐다는, 실존과 언어에 대한 이 시도 마찬가지다. 사랑에 투영시켜 상대에 대한 존재가치로 이야기하는 사람도 있다. 꽃은 '시'의 언어다. 꽃만큼 시의 소재가 된 것도 없다. 꽃은 누구에게나 한번쯤은 시적 감흥을 불러일으킨다. 더구나 겨울을 보내고 이렇게 맞이하는 따스한 봄날에 핀 꽃을 만나면 김춘수의 시인처럼 시로 불러주면 나에게 하나의 의미가 될 것 같은 마음이다. "열매 한 아름보다는 꽃 한 아름을 받겠다"고 한 사람도 있다. 꽃은 과정이고 열매는 결과이다. 결과보다는 과정이 더 소중하고 아름답기 때문이란다.

김소월의 유명한 시 '산유화'도 삶에 투영된다. 생성과 소멸, 고독하지만 겸허한 존재. 시는 읽은 이의 마음이라고 했으니 굳이 그런 해석을 따를 이유는 없다. 공자의 말처럼 누가 알아주지 않아도, 자신을 뽐내려 하지 않는 겸손함으로 받아들인들 누가 탓하랴.

꽃 이름도 그렇다. 김춘수의 시에서처럼 누군가 불러주면서 '그 무엇'에서 '꽃'이 되었듯, 그 모양과 색깔이 서로 다른 꽃들도 누군가가 저마다 구분해 이름을 붙임으로써 각자의 꽃이 됐다. 어떤 꽃은 모양에서, 어떤 꽃은 비슷한 다른 꽃에서, 또 어떤 꽃은 전설과 신화에서 이름을 가져왔지만, 누가 언제 그렇게 부르기 시작했는지 알지 못하는 꽃들이 대부분이다. 그뿐이랴. 아직도 사람들 눈에 띄지 않고 '저만치 혼자서 피어있어'서, 아니면 너

무나 수줍어 아주 잠깐 피었다 사라져 '이름'조차 갖지 못한 꽃들이 수두룩하다. 지구상에 존재하는, 열매를 맺는 모든 나무와 풀은 꽃을 가지고 있다는 것을 감안하면 식물도감의 꽃들은 극히 일부이다. 더구나 당당하게 '꽃말'까지 붙은 것은.

진달래의 꽃말은 사랑의 기쁨이고, 벚꽃은 순결과 미인, 개나리는 희망과 기대와 깊은 정이다. 매화는 고결하고 맑은 마음, 철쭉은 정열과 사랑의 기쁨이며, 동백은 진실한 사랑과 겸손한 마음이다. 목련은 고귀함, 유채꽃은 명랑과 쾌활을 상징한다. 같은 꽃이라도 색깔에 따라 꽃말을 달리 붙인 것도 있다. 붉은 튤립은 사랑의 고백이고, 보라색은 영원한 사랑이지만, 흰색은 실연이다. 목련도 흰색은 이루지 못한 사랑을 의미한다. 꽃의 특징과 상징성으로 붙인 것이지만, 이 또한 순전히 인간의 마음일 것이다. 꽃말에 유난히 '사랑'과 '희망'이 많은 것도 그렇다.

'산은 산이고, 물은 물'이라고 화두를 던진 성철 스님의 눈으로 보면 어이없거나 가소롭기 짝이 없다. 꽃은 꽃일 뿐이건만 이름을 붙이고, 꽃말까지 인간들이 멋대로 달아 본래 꽃의 존재를 가두고 속박한 것이나 다름없기 때문이다. 불교관으로는 당연하다. 인간이 이름을 정하고, 의미를 부여하기 이전부터, 아니 인간보다 훨씬 앞서 꽃은 있었기에 '본래 그대로'인 자연적 존재 그 자체야말로 진리이다. 그렇더라도 꽃이 문화가 되려면 사람과 만나야 하고, 이름을 얻어야 하고, 의미를 가져야 한다. '산에 혼자 저만치 피어'만 있다면 자연일 뿐이다. 그 자연이 사람과 함께 있고, 사람들의 마음속에 들어오고, 언어와 선율과 이미지와 만날 때 문화가 되고, 예술이 된다.

독일의 하이데거가 '존재의 집'이라고 말한 언어로 꽃은 시가 되었다. 화가는 그림으로 의미를 담았고, 작곡가는 음악으로 남겼다. 꼭 시와 음악과 그림이어야만 되는 것은 아니다. 봄빛 가득한 날, 고궁의 정취를 담은 음악과 어울리는 풍경만으로도 꽃은 문화다. 사람들과 함께 하는, 사람들이 찾아오는 것만으로도 충분하다. 꼭 풍성한 꽃밭이 아니어도 좋다. 뒷산, 작은 공원과 놀이터에도 꽃은 있다. 굳이 여수 오동도나 고창 선운사에 가지 않아도 송창식이 노래한 '눈물처럼 후드득 지는' 동백꽃을 만날 수 있다. 작은 봄바람에도 눈 내리듯 떨어지는 벚꽃, 탐스러운 목련도 고개만 들면 보인다. 거울 앞에선 누님 같은 노란 가을국화 몇 송이는 화분에도 있다.

꼭 시와 그림이 아니어도 좋다. 따스한 봄 햇살 받으며, 달빛 밟으며 꽃향기 맡으면, 꽃과 함께 사진 한 장 남기면 그것이 나의 축제이고, 문화이다. 아무리 아름다운 꽃도, 많은 꽃도 나의 삶과 기억 속에 들어오지 않으면 지나가는 풍경이 된다. 풍경을 문화로 만드는 것은 우리의 마음이다. 올해의 봄은 다시 오지 않으며, 봄은 또 바람처럼 지나가고, 꽃은 진다.

# 노老 여배우의
# 아름다운 자리

1941년생이니 앞에 노老자를 붙이기가 망설여진다. 그래도 배우라면 전성기를 한참이나 지나 주연은 고사하고 조연 맡기도 녹록치 않다. 워낙 케이블 채널이 많아 드라마라면 모를까, 영화에서는 더 더욱 설자리가 많지 않다. 고령화시대라고 하지만 드라마도, 영화도 젊은 스타들의 차지인 것은 변함이 없으니까.

1961년에 라디오 성우로 시작했으니, 목소리 연기까지 합하면 나문희는 배우로 57년째 살고 있다. 드라마, 영화, 연극, 뮤지컬을 넘나들며 참 많이, 그리고 오랜 세월 연기를 했다. 자신도 150편 가까운 작품을 다 기억하지 못한다. 더구나 젊은 시절부터 화려한 주연배우가 아니었다. 처음부터 배우로 출발한 것도 아니고, 뛰어난 미모로 어느 날 갑자기 나타난 '스타'도 아니었으니까.

그런 배우였으니 갈 수 있는 길이 뻔했다. 젊은 나이에 늙은이가 되고, 조연도 아닌 단역도 맡았다. 앞에는 늘 내노라는 선배나

동료 스타들이 있었고, 뒤에
는 매력이 넘치는 젊은 배우
들이 달려왔다. 그녀는 기꺼
이 그들의 친구나 언니, 엄마
가 되었고, 그들을 돋보이게
했다. 아무리 보잘것없는 역
이라도 타고난 부드럽고 정
이 듬뿍 넘치는 목소리와 따
뜻한 마음으로 녹여 자신의
것으로 만들었다. 여배우 나
문희는 그렇게 살아왔다. 삶이 연기이고, 연기가 삶이 아닌 배우
가 있으랴 만은, 그녀에게 연기는 순응의 시간이었다. 자신의 자
리를 사랑했고, 그 자리가 아무리 낮고 거칠고 춥고 차가워도 박
차지 않고 앉았다. 그것이 연기이고 삶이라고 생각했다. 연기는
세월을 속이지 않는 '진솔한' 모습이었다. 연기가 진짜 삶 같고,
삶이 연기에 그대로 녹아있는 팔순을 바라보는 배우 나문희의 모
습이다. 2017년 그 노老여배우가 한국영화평론가협회가 주는 영
평상에서 생애 처음 영화로 여우주연상을 받았다.

기꺼이 박수를 보냈다. 위안부 할머니를 다룬 영화여서 애국심
이 작용한 것도, 그 나이에 힘든 주연을 맡은 것에 대한 예우나 배
려도 아니다. 반세기가 넘는 동안, 세월의 바람을 피하지 않고 고

스란히 맞으면서 자신의 자리를 지켜온 그녀의 연기가 너무나 깊고, 생생하고, 아름답고, 뚜렷했기 때문이었다. 나만 그렇게 느낀 것은 아니다. 〈아이 캔 스피크〉에서 문옥분 할머니를 만나본 관객들이 먼저 느꼈다. 이를 증명이라도 하듯 청룡영화제도 여우주연상을 안겼다. 영화에서 그녀는 유별나지도, 억지로 한과 슬픔, 분노와 절망을 드러내려고 하지 않았다. 비슷한 역사적 아픔의 시대를 살아온 할머니로서의 공감과 애달픔이었다. 그것이 위안부 할머니들까지 울렸다. 오랜 시간 삶과 연기로 다른 사람들의 마음을 쓰다듬고, 녹여낸 사람에게서만 나올 수 있는 모습이었다.

칠순을 넘기면서 나문희는 이미 영화 곳곳에서 그 모습을 보여주었다. 〈하모니〉에서 따뜻한 마음을 가진 할머니 사형수 김문옥, 〈수상한 그녀〉에서 소녀시절 가난으로 꺾인 가수의 꿈을 잃지 않고 사는 칠순의 욕쟁이 할머니도 나문희였다. 연극 〈잘 자요〉에서 그녀는 가슴 절절한 모녀의 사랑을 펼친 어머니였다. 영화에서 브로드웨이 연극을 거쳐 우리 연극으로도 올려진 〈황금연못〉에서는 늙은 남편과 딸의 아름다운 화해를 돕는 어머니가 됐다. 신구, 주현, 김혜자 등 연기친구들과 함께 노년의 쓸쓸함과 간절함, 슬픔과 안타까움, 희망을 감동적으로 전한 드라마 〈디어 마이 프렌즈〉에서 큰 언니도 나문희였다.

인기나 돈을 위해서가 아닌 자신의 인생만큼이나 세월이 스며든 연기를 하는 노老배우의 모습은 어디서나 아름답다. 캐서린 햅번은 일흔 네 살에 〈황금연못〉으로 네 번째 오스카 여우주연상을 받고도 연기를 멈추지 않았다. 발목이 부러져 휠체어를 타고도 무대에 올랐다. 할리우드에만 그런 노배우들이 있는 것은 아니다. 우리에게도 많았고, 지금도 많다. 캐서린 햅번의 역을 연극에서 나문희가 맡은 것은 우연도, 배우가 없어도 아니었다.

그 노배우에게 갈채를 보낸 것은 특별한 연기 때문만은 아니다. 고령화시대 우리의 아버지 어머니이고, 멀지않은 날에 우리의 삶이자 희망이기 때문이다. 나문희의 주연상 수상은 노년의 삶이 세상의 조연이나 단역이 아니라는 것을 말하고 있다.

시상식에서 그녀는 이렇게 말했다. "이 나이에 나름대로 학구적이고, 진실을 더 많이 들여다본다. 100세 시대라고 하니까 우리 노년들을 위해서도 그렇고, 젊은이들의 희망이 될 수 있는 그런 할머니가 되고 싶다." "나의 친구 할머니들, 그 자리에서 열심히 해서 모두 상을 받으시길 바랍니다." 어쩌면 그녀의 말대로 언제, 어디서든, 어떤 것이든 주어진 그 자리를 소중하고 가꾸는 것, 그것이 인생의 상이고 주연인지 모른다.

# 노인을 위한
# 문화는 없다?

무명가수 이애란의 노래 〈백세인생〉이 한때 인기였다. 한 네티즌의 짤방<sub>영상을 짧게 편집한 동영상이나 사진</sub>으로 20년 만에 세상에 퍼진 노래. 노랫말의 하나인 '전해라'는 패러디 열풍까지 일으켰다. 유행이라는 것이 그렇다. 우연이 아니다. 세태를 꼬집고, 삶을 드러내고, 정서와 심리를 반영한다. 때 이른 죽음을 거부하는, 때가 되었을 때 죽음을 초연히 받아들이려는 인생관을 담았다. 팔십에도 쓸만해서 못 가겠고, 구십이 되더라도 재촉하지 말고, 백세가 되어 좋은 날 좋은 시에 가겠다. 고령화 시대의 소망이기도 하고, 삶의 투영이기도 하다.

그러나 그 소망이 중·노년에게는 처연하다. 불가능해서가 아니라, 노래 마지막 '아리랑'의 구절처럼 그때까지 '고개를 넘고 또 넘어야' 한다. 얼마나 많은 날들을 외롭고 힘들게 지나가야 하나. 어쩌면 이 노래는 삶의 애착보다는 살아야 할 시간들에 대한 슬품과 인생의 무상, 죽음에 대한 초연함을 담고 있는 지도 모른다. 그래서 이애란이 쉰 목소리로 저승사자에게, 죽음의 천사에게 소리치는 '전해라'가 마음에 와닿았는지 모른다.

　내남없이 여든, 아흔까지는 사는 게 여사인 세상. 노년의 시작인 예순에서 바라보면 살아가야 할 날들이 까마득하다. 그나마 경제적으로 넉넉해 더 이상 '밥벌이'를 계속하지 않으면 다행이련만, 아직도 자식들이 학교 다니고, 졸업했지만 취직도 못하고 있으면 어디서 무엇이든 해야 한다. 그 구차함과 고단함과 지겨움. 모아놓은 돈이 많거나, 연금을 넉넉하게 받거나, 자식들이 푸짐하게 주는 용돈이 있어 그냥 놀아도 된다고 하자.

　그것만으로 즐거운 '백세인생'이 된다면야 얼마나 좋으랴. 일흔이면 지식의 높낮이가 없어지고, 여든이면 돈의 많고 적음이 무의미해진다. "친구 네 명이서 나오다가, 어느 날 세 명이 되더니, 조금 지나니까 아무도 안 보이고, 그 뒤에는 아들이 나와요. 같이 운동할 사람이 없으니 아들한테 회원권을 준 거죠." 회원가가 비싸기로 소문난 명문 골프장의 캐디가 해준 말이다. 아무리 돈이 많으면 뭐하나. 아내나 남편이 죽고, 친구가 없으면 골프장에도 갈 수 없다.

　등장인물 평균 나이와 그 역을 맡은 배우들의 평균 나이가 모두 70세가 넘어 화제가 됐던 드라마 〈디어 마이 프렌즈〉는 말

한다. 그 나이에는 아들, 딸, 남편과 아내보다 친구가 제일이라고. 꼭 또래가 아니어도 좋다. 동생, 언니하는 선후배 사이라도 괜찮다. 늙으면 친구의 조건은 '사이'와 '나이'가 아니라 '시간'과 '거리'이다. 아무리 친한 친구라도 멀리 있으면 소용없고, 나이가 같아도 함께 한 시간이 많지 않으면 편하지 않다.

그러나 아무리 오래되고, 마음 맞고, 함께한 세월이 많아도 개성이 다르고, 살아온 시간이 다르고, 지금 앓고 있는 마음의 상처가 다른 그들이 '디어 프렌즈'가 되기 쉽지 않다. 드라마야 이렇게 노년의 배우들을 다 모아서 친구로 만들면 되지만 현실은 어디 그런가. 연금 몇 푼에 의존해 쪽방에서 겨우 끼니만 이어가는 비참한 노년에게는 그저 '로망'일 뿐이다. 그 로망이 드라마처럼 이루어지더라도 어느 날 그마저도 소용없는 쓸쓸하고, 아프고, 슬퍼 시간이 더욱 두려운 노년들. 디어 프렌즈도 결국에는 그곳으로 갈 수 밖에 없다. 조희자의 치매와 장난희의 암은 드라마가 아니라 현실이다.

조희자에게 남은 나날은 무슨 의미가 있을까. 장난희는 얼마나 고통의 나날을 보내야 할까. 가족이 있고, 친구가 있으니 이따금 기억을 잃고, 거리를 해매더라도 육체적 건강이 무너지지 않은 한 살아갈 것이다. 아무리 말기암이라도 의학으로 그것을 붙잡아 생명을 연장해주겠지만 어쩌면 죽음보다 더 고통스러운 나날을 끌고 가야 할지도 모른다.

드라마만일까. 장난희는 마이 디어 프렌드의 어머니이고, 조희자는 마이 시스터이다. 친구와 가족은 물론 자신의 시간과 기억까지 잃어버리고, 아무리 고통을 참아도 결국에는 집으로 돌아갈 수 없다는 사실을 알면서도 약으로 버티며 남은 날을 병상에 누워있다. 전국에 널려 있는 요양원, 병원에 가면 얼마든지 만날 수 있다. 우리의 고령화 사회는 한편으로는 이렇게 슬프고 고통스런 모습이다. 무릎이 아파 잘 걷지 못하는 여든 중반의 어머니는 언제부터인가 이렇게 기도한다. "치매가 오기 전에, 암이라도 걸리기 전에, 잠자다가 그대로 죽었으면 좋겠다"고. 그 날이 내일이어도 상관없단다. 죽음이 두려운 것이 아니라, 죽음 앞에 놓일 비참하고 고통스러운 시간들이 더 두렵기 때문이다. 노년에는 건강이 최고의 권력이고, 편안한 죽음이 가장 큰 복이다. 그러나 그 '무병장수'가 어디 뜻대로 되는 일인가.

## 노년의 가장 좋은 친구, 책

'검색'만 있고, '사색'은 없는 시대이다. 사색은 독서에서 출발한다. 그 독서가 해마다 조금씩 줄어들고 있다. 성인의 3분의 1은 몇 년째 단 한 권의 책도 읽지 않는다. 이유가 무엇이냐고 물으면 절반 가까이가 '시간 또는 마음의 여유가 없어서'라고 말한다. 시간과 마음의 여유가 있다면 책을 읽을까. 십중팔구는 아니다. 여가활동에서도 독서는 TV와 인터넷은 물론 운동, 모임, 집안일보다도 나중이다.

평소 독서와 담을 쌓고 지내던 사람이 시간이 있다고 어느 날 갑자기 책을 읽지는 않는다. 골치가 아프다, 졸린다, 재미없다면서 책을 덮어버린다. 독서는 아무 생각 없이 하는 오락이 아니다. 미국 문학평론가인 조지 스타이너의 말처럼 "침묵, 집중과 기억의 아름다움"을 동반한다. 그것을 통해 다른 세상, 사고와 사색의 세계로 들어가게 해준다. 독서는 앉아서 하는 무한한 여행이다. 책도 읽을 줄 아는 사람만 읽는다. 독서가 억지 춘향으로 가능했다면 학교에서의 아침독서와 논술로 다져진 책 읽기 습관은 어디로 갔나. 습관은 재미에서 나온다. 즐거움의 반복이다.

그러니 재미있는 책부터 읽어야 한다. 삶과 세상에 대한 진리, 창의적 사고나 자유로운 감성과 상상력은 고전이나 명작에만 있는 것은 아니다. 만화라고 아예 책 취급도 안하는 것은 독선이고 편견이다. 만화에도 일본 데즈카 오사무의 『아돌프에게 고한다』와 같은 인간에 대한 깊은 통찰력을 가진 작품이 얼마든지 있다. 처음에는 감각적 재미로 책을 선택하고 읽지만, 차츰 관심과 재

미의 폭도 넓어진다.

독서는 전염된다. 지하철을 타면 열에 아홉은 모바일폰에 빠져있다. 길을 걸어가면서도, 사람들과 대화를 하면서도 휴대폰 화면에서 눈을 떼지 않는다. 남녀노소가 없다. 경로석에 앉은 80대 노인들도 그렇다. 그런 지하철에서 책을 펼쳐서 읽어보라. 누군가 또 책을 꺼내 읽는다. 아직도 일본의 지하철에서는 책 읽는 사람이 많은 이유가 이같은 '독서심리효과' 때문이라는 분석도 있다. 집에서 TV만 보면서 아이들에게 책 읽으라고 소리지르는 부모는 바보다. 나부터 컴퓨터와 TV 끄고 책을 읽으면 된다. 장담컨대 유아는 3일, 초등학생은 일주일, 중학생은 한 달이면 슬그머니 따라한다.

좋든, 싫든 100세까지 살아야 한다. 문제는 어떻게 사느냐이다. 정신과 육체 모두 건강하게 살아야 한다. 독서야말로 정신의 보약이다. 사회적 비용을 줄여주는 국가경쟁력이기도 하다. 나의 내면과의 대화이고, 세상과의 대화이며, 수많은 현인과 작가와의 대화인 독서가 없다면 노년의 삶이 얼마나 쓸쓸하고, 허무할까.

어쩔 수 없이 혼자 보내야 할 긴 시간들을 무엇으로 채울 것인가. 하루 종일 멍하니 TV만 보고 있을 텐가, 누워만 있을 텐가.

지금부터라도 나이에 맞춘 '노년 독서 버킷리스트'를 꼼꼼히 만들어야 한다. 요즘 유행하는 죽기 전에 꼭 봐야 할 영화, 가봐야 할 곳처럼. '시간과 마음의 여유가 있을 때 하면 되겠지'하고 미루면 영원히 독서습관은 멀어진다.

책 살 경제적 여유가 없어서 힘들다고? 핑계다. 주변을 둘러보라. 10분 거리에 온갖 책 다 빌려주고, 편안하게 책 읽을 공간이 있고, 다양한 문화행사가 이어지는 공공도서관이 널려 있다. 전국에 1,000곳이 넘는다. 우리나라 성인은 한 달에 두 번도 안 간다. 8명 중 한 명만 그곳에서 책을 빌려 읽는다. 노인들은 더욱 발걸음이 뜸하다. 60세 이상은 10명 중 1명에 불과하다. 어디에 있건, 크든 작든 도서관이라면 늘 책 읽고 빌리는 일본의 노인들. 그들은 알고 있다. 누가 가장 편하고 소중한 친구인지를.

# 디카프리오처럼

"촬영하던 2015년은 역사상 가장 더웠던 해로 기록되었다. 우리는 눈을 찍기 위해 남쪽 끝으로 내려가야 했다. 기후변화는 현실이다. 전 인류와 동물을 위협하는 가장 긴급한 사안이다. 지금 힘을 합쳐 방책을 마련해야 한다. 환경을 오염시키는 거대기업을 위한 지도자가 아닌 인류와 원주민, 생태변화에 영향을 가장 많이 받을 수많은 사람들, 우리의 아이들, 탐욕스러운 정치인들에 의해 목소리조차 내지 못하는 그런 분들을 대변하는 지도자를 지지해야한다. 지구의 존재를 당연하게 여기면 안 된다."

연기생활 23년 만에, 여섯 번 후보에 오른 끝에 '마침내' 2016년 오스카 남우주연상을 품에 안은 배우 레오나르도 디카프리오의 수상 소감이었다. 영화 〈레버넌트: 죽음에서 돌아온 자〉를 감독한 알레한드로 이냐리투 감독에게 감사 인사와 영화촬영 이야기를 하면서 그는 자연스럽게 지구환경에 대한 이야기를 꺼냈다.

별난 수상소감에 팬들은 처음 어리둥절했지만 그가 지구의 환경 보호를 위해 유엔평화대사로 활동하고 있다는 사실을 기억하고 감동했다. 열아홉 어린 나이에 〈길버트 그레이프〉1993년로 단번에 오스카 남우조연상 후보에 올랐던, 늘 소년 같은 이미지를 간직하던 이 천재배우도 40여 편의 영화를 거치면서 얼굴에 주름살이 보이기 시작하는 40대 중반이 됐다.

할리우드에 연기를 잘하는 배우는 늘 넘쳐난다. 작품마다 주목을 받는 배우도 디카프리오 한 사람이 아니다. 그럼에도 불구하고 그가 늘 빛나는 것은 당대 스타이면서도 눈과 마음이 자신에게만 머무르지 않고, 아프고 힘든 이웃과 세상을 향하기 때문일 것이다. 상업적 흥행보다는 자신의 연기를 필요로 하는 작품, 자신이 추구하는 가치관을 담은 작품이라면 누구와, 언제, 어디서든 마음과 열정을 다하는 배우이기 때문일 것이다. 그런 모습이 흥행에 실패는 있어도, 작품의 실패는 없다는 신화를 만들어 낸 것인지 모른다. 그는 "감정적으로 병든 인물을 그려내는 일이야말로 나에게 진정으로 연기할 기회를 준다"면서 "상을 받으려고 연기하는 배우가 어디 있느냐"고 했다.

진심일 것이다. 흥행과 상만 생각했다면 그는 환경운동도, 유엔평화대사도 마다했을 것이며, 피셔 스티븐슨 감독의 다큐멘터리 〈비포 더 플러드Before the Flood〉의 주인공으로 2년의 시간을 들

여 환경오염의 현장을 다니고 사람들을 만나는 수고도 하지 않았을 것이다. 자신이 돈을 내 제작까지 맡은 이 다큐멘터리에서 디카프리오는 허구의 인물로 허구의 문제를 해결하는 배우가 아니었다. 지금, 이 땅에 살고 있는 자연인으로 '병든 인물을 그려낸 연기'가 아닌 현실 속의 아픈 사람과 병든 자연을 찾아 나섰다.

지구온난화와 그로 인한 기후변화가 가져온 환경파괴 현장에서 사람들을 만나 이야기를 들었다. 그는 알고 있었다. '불편한 진실'을 싫어하는 사람들은 과학교육도 제대로 받지 않은 자신의 이런 행동을 무시할 것이란 사실을. 또한 그는 알고 있었다. 그럼에도 불구하고 자신이 유명스타이기 때문에 많은 사람들을 만나 이야기를 나눌 수 있고, '지구의 위기'에 사람들이 조금이라도 더 관심을 가지리라는 사실을.

그는 누구보다 열심히 환경운동가들을 만났으며, 당시 오바마 미국 대통령과 프란치스코 교황도 찾아갔다. 환경파괴의 처참한 현장인 북극에서 남태평양 섬까지 둘러봤다.

영화의 연기처럼 그는 분노하거나, 과장하지 않았다. 자신의 말처럼 과학에 무지하기 때문에 인류가 지구로부터 얼마나 멀리 와 있으며, 지구를 얼마나 망가뜨렸으며, 그것을 어떻게 막을지 확인하고 물어보았다. 그것을 통해 그는 자신과 별로 다를 바 없는 우리에게 몇 가지 사실을 확인시켜 주었다. '깨끗한 화석연료는 없다', '바다는 공화당도, 민주당도 아니다. 그저 상승하고 있다', '이대로라면 10년 후 그린란드가 사라지고, 지구의 많은 땅들이 바다 속으로 사라질 것이다'

처음 듣는 놀라운 이야기도 아니다. 우리는 수십 년 전부터 알고 있었다. 이를 증명하는 화창한 날에도 홍수가 나서 곳곳에 펌프를 넣기, 도시전체를 들어 올린 마이애미, 골룸이 프로도 일행을 인도한 〈반지의 제왕〉의 모르모르처럼 타르샌드로 황폐하고 더러워진 평원, 산호초가 무너져버린 바다, 해수면 상승으로 수몰위기에 처한 태평양의 섬들, 팜유공장 건설로 80%나 파괴된 인도네시아 열대우림도 TV나 사진으로 한번쯤은 봤다. 충격은 그때 뿐, 지나갔다.

황사와 미세먼지로 숨을 쉬기가 힘들어도 다음날 하늘이 맑으면, 지구촌 곳곳이 때 아닌 폭염과 폭설과 폭우로 난리를 겪어도 코앞에 벌어지는 것이 아니면 환경오염과 지구온난화는 '먼 나라, 먼 미래 일'이라고 생각한다. 화석연료 사업자는 돈벌이 생각만으로 전문가들을 매수해 "지구는 냉각되고 있다"고 하고, 의회도 로비에 몸을 사리고, 언론은 환경운동가들을 사기꾼으로 몰아버린다. 미국의 대통령의 된 트럼프까지 "우린 춥다. 온난화가 필요하다"고 외친다.

디카프리오는 우리가 혼란과 불확실성에서 빠져나와 '공통의 인식'을 가진다면 아직도 늦지 않았다고 생각하고 있다. 그래서 2016년 UN본부에서 열린 파리기후협정 서명식에서 각국 지도자들에게 "지구를 지켜주십시오. 여러분들이 지구 마지막 최고의 희망자들입니다. 인류전체의 새로운 변화는 우리 모두에게 달려 있습니다"라고 호소했다. 〈비포 더 플러드〉를 보면 언더그라운드 만화배급자인 아버지가 디카프리오의 요람 위의 네덜란드 화가 히에로니무스 보스가 그린 〈쾌락의 동산〉을 걸어놓았다. 3폭으로 이루어진 이 그림은 에덴의 동산이 인간의 탐욕과 방탕으로 점점 타락해 대홍수 직전의 모습으로 변하고, 마침내 까맣게 탄 검은 하늘 아래 모든 게 폐허인 '사탄의 동산'이 된다.

디카프리오는 '우리는 두 번째 그림에 살고 있다'고 했다. 그렇다면 지구가 마지막 그림으로 가지 않을 수 있을까. 누구도 섣불

〈세속적인 쾌락의 동산〉, 히에로니무스 보스, 1504년경

리 자신할 수 없다. 분명한 것은 우리 모두가 당장 행동하지 않으면 결말을 바꿀 수 없다. 그래서 디카프리오 같은 배우가 더 필요하고 소중한지 모른다. 영화로 세상을 바꾸듯, 현실에서도 우리를 이끌어 새로운 세상으로 나아가게 해주기 때문이다. 스타의 힘이고, 인기의 사회적 책임이 아닌가.

# Thinking :

# 02

생각

# Culture:

# '숨 쉬는' 문화

목표와 정책이 무엇이냐는 중요하지 않다. 그보다는 누가, 어떻게 하느냐가 더 중요하다. 말만 다를 뿐, 지난 20년 동안 정부가 내세운 문화정책은 비슷비슷하다. 어떤 문화여야 하고, 가야 할 길이 어디인지 모두 너무나 잘 알고 있다는 얘기다. 숨 쉬는 문화라고 다르지 않다. 의지와 정책만으로 문화가 숨을 쉬지는 않는다. 문화에 숨결을 불어넣고, 살찌우는 것은 사람이다. 만드는 사람이 힘들고 아프면 문화도 건강하고 행복하지 않다. 편 가르고, 간섭하고, 차별해 함께 숨 쉬지 못하게 한다면 문화 역시 자유로움과 독창성, 다양성과 공존의 아름다움을 가질 수 없다.

자유로운 창작, 건전한 생태계, 보존과 활용, 격차 해소로 '우리만의 리그'가 아닌 어울리고 화합해야 문화다. 좋은 문화는 이념을 뛰어넘어 모두를 감동시킨다. 전통은 혁신을 존중하고, 혁신은 전통을 소중할 때 문화는 풍성해진다. 삶이 팍팍할수록 국민에게 위로와 즐거움과 따뜻함을 줄 수 있어야 '숨 쉬는 문화'다.

## '창의한국'에 다 있다

노무현 정부시절인 2005년 문화관광부가 '창의한국'을 내놨다. '장차 창의한국을 밝혀갈 폭넓은 문화정책의 지침이자, 지금 수준에서 가질 수 있는 중장기 문화비전을 집대성'한 것이다. 정부와 민간전문가 200명이 10개월에 걸친 작업과 수십 차례 회의를 통해 탄생한 '창의한국'은 이듬해 책자로도 발간했다. 무려 700쪽에 달했다. 예술의 창조적 다양성 제고에서부터 문화의 국가적 이미지 향상까지, 문화의 생산에서 향유와 교류까지, 21세기 한국의 문화가 나아가야할 방향과 목표를 제시했다.

양도 양이지만, 내용 또한 지금도 감탄할 만큼 신선하고, 매력적이다. 알토란 같이 어느 하나 뺄 것이 없다. '창의한국'은 목적부터가 어느 한 정권의 과시형 문화업적 챙기기가 아니었다. 그래서 '계획'이 아닌 '비전'을 제시했다. 5년이라는 짧은 기간 안에 실현가능한 몇 가지 처방책을 제시하는 것으로는 문화의 잠재력을 사회적으로 극대화할 수 있는 수많은 과제들을 해결하는데 근본적인 한계가 있

다고 판단했기 때문이었다.

'창의한국'은 이미 그 때, 21세기는 다르게 생각하는 태도이자 능력 없이는 한 발자국도 나아갈 수 없는 창의의 시대임을 간파했다. 창의성은 다양성이 존중되는 사회, 다양한 소통이 가능한 사회에서만 자라며, 역동적인 문화한국 건설의 미래라고 내다봤다. 창의적인 문화시민이 다원적인 문화사회를 만들고 나아가 역동적인 문화국가를 만든다고 생각했다. 문화의 개념부터 확장해 유네스코의 제안에 맞춰 삶의 양식, 인간의 기본권, 가치체계, 전통, 믿음을 포함시켰다. 획일주의, 집단이기주의, 윤리불감증 등의 사회문제들을 경제적 접근만이 아닌 문화적으로 해결하려는 것이었으며, 문화를 공동선의 중심에 놓는 일이었다. 문화의 창조적 능력인 감성과 상상력이 그 역할을 해준다고 믿었다.

뜬구름 잡기가 아니었다. 문화 참여를 통한 창의성을 제고하고, 문화의 정체성과 창조적 다양성을 확대하고, 문화를 국가발전의 신성장동력으로 만들고, 국가균형발전을 위한 문화적 토대를 구축하고, 평화와 번영을 위해 문화교류협력을 증진하기 위해 가야할 '문화의 모든 길'을 상세하게 그려놓았다. 거기에는 이념도, 흑백논리도, 차별도 없다. 지금도 여전히 외치고 있는 문화의 창조와 자유, 평등과 복지, 전통과 산업화에 대한 진지한 고민과 모색이 있을 뿐이었다. 수직적이 아닌 수평적, 배제와 부정이 아닌 대화와 화합, 권위적이고 획일적이 아닌 다양성과 복합성, 졸

속이 아닌 여유와 자유, 상업적 소비가 아닌 고부가치를 창출, 수세가 아닌 세계와 호흡하는 열림. '창의한국'이 꿈꾼 대한민국의 문화였다. 그 아름다운 '꿈'은 노무현 정부와 함께 소리 없이 흩어졌다. 마땅히 이어가야 할 미래, 가야 할 길임에도 버려졌다. 문화의 의미의 확장만큼이나 사람을 확장하지 않은 노무현 정부의 실수도 있지만, 아무리 좋은 비전과 정책이라도 진영과 이념의 논리를 내세워 문화의 영속성을 거부한 다음 정부의 탓이다.

마지못해 이어가도 문화산업강국, 문화융성이란 다른 이름을 붙이거나, 아닌 척했다. 대국민공모 '쇼'까지 하면서 새로 만든 국가브랜드 '크리에이티브 코리아'도 프랑스 표절이란 소리를 들을 망정 '창의한국'에서 가져왔다는 말은 하지 않았다. '문화가 숨 쉬는 대한민국' 어렵지 않다. '창의한국'에 다 있다. 하나하나 그대로 실천하면 된다. '창의한국'의 꿈은 아직 살아있다.

### 피할 수 없는 현실, '문화정치'

『문화는 정치다』는 프랑스 학자인 장 미셸 지앙이 쓴 책이다. '문화정치는 프랑스의 발명품이다'로 시작하는 이 책에서 프랑스 미테랑 대통령 시절의 갖가지 문화실험들을 소개하면서, 문화정치의 힘을 역설한다. 문화가 정치의 수단이 된지 오래다. 정치적 도구나 수단으로서의 문화는 그 역사가 길다. 문화는 언제나 이데올로기 전파, 권력자의 지배를 위한 '정치'로서의 역할을 해왔다. 문화야말로 국가권력의 끊임없는 관심과 의지의 대상이었다.

지앙이 말하는 문화정치는 그런 것이 아니다. 문화정치는 예술과 창작분야에서 정치적, 법률적, 행정적인 국가권력의 책임에 관한 개념이다. 책임이란 규제나 통제, 제재가 아니다. 보호와 지원과 향유이다. 아카데미 프랑세즈 회원인 피에르 에마뉘엘의 말을 빌면 문화는 개인이 실현해낸 창작물이며, 정신적 결과물이며, 사회 구성원 모두의 다양성과 사회가 스스로에게 부여하는 표현과 표시이다. 사회구성원 모두를 이롭게 하는 공공재이기도 하다. 문화정치는 피할 수 없는 현실이다. 문화가 단순히 작품이나 유산이 아닌 삶의 변화와 행복, 국가 경쟁력의 원천이기 때문이다. 드골 정권 이후의 프랑스, 지금 우리의 지도자들이 예외 없이 '문화대통령'을 자임하고, 문화가 숨 쉬는 나라, 문화로 행복한 국민을 외치는 것은 당연하다. 문화에 자유와 평등, 여기에 프랑스 국기를 상징하는 박애지원까지 더해지면 더 할 나위가 없다.

이 세 가지 모두를 만족시키는 문화정치가 쉽지 않다. 자유로운 창작을 위한 물질적인 충족지원은 국가 주도주위와 순응주의의 위험을 가져오고, 프랑스 미테랑 대통령이 부르짖었던 '모두를 위한 문화'도 문화의 본질적 속성인 차별성과 때론 상충된다.

그럼에도 불구하고 문화정치에서 자유, 평등, 박애는 필수적 요소이다. 여기에는 보수 진보도, 좌우도 없다.

문화국가를 만드는 길이기 때문이다. 우리에게도 일찍이 드골

만큼이나 문화의 힘과 문화정치의 중요성을 강조한 지도자가 있었다. 백범 김구였다. 『나의 소원』에서 이렇게 말했다. '나는 우리나라가 세계에서 가장 아름다운 나라가 되기를 원한다. 가장 부강한 나라가 되기를 원하는 것은 아니다… 오직 한없이 가지고 싶은 것은 높은 문화의 힘이다. 문화의 힘은 우리자신을 행복하게 하고, 나아가서 남에게 행복을 주기 때문이다. 인류가 현재 불행한 근본이유는 인의가 부족하고, 자비가 부족하고, 사랑이 부족하기 때문이다. 인류의 이 정신을 배양하는 것은 오직 문화이다.'

사족을 전혀 달 필요가 없는, 문화국가론, 문화정치론이다. 문화만이 국가를 풍요롭게 만들고, 국민 모두를 행복하게 만든다는 사실을 간파한 백범 김구의 혜안을 우리는 무시했다. 우리에게 문화정치는 군사독재시절의 억압과 대중 동원이었고, 민주화 이후에는 자본과 경제논리의 합리화였다. 그 위에 이념의 편 가르기가 횡행했다. 문화가 국민의 삶속에 들어가지 못하는 쇼가 됐고, 자유와 민주와 평등을 외면했고, 경제논리에 빠져 천박한 공산품으로 전락했다. 그것도 모자라 이념 덧씌우기의 비열한 수단까지 나타났다. 블랙리스트를 '문화정치'라고 말하기까지 했다.

권력과 탐욕을 위한 문화정치는 문화학살이다. 문화가 정치라고? 맞다. 그렇다고 정치적 목적을 위해 문화를 교묘히 이용하라는 의미는 아니다. 문화에 대한 가치, 문화에 대한 사랑도 없으면서 문화대통령 행세를 해서는 안 된다. 백범처럼, 미테랑처럼 문화의 진정한 힘을 믿어야 한다. 문화정치는 바로 그 힘을 길러주는 것이다. 프랑스는 그렇게 했고, 하고 있다. 문화정치는 프랑스의 발명품이 아니다. 단지 먼저 사용했을 뿐이다. 우리에게도 백범이 일찌감치 임시정부를 소중히 묻어둔 문화국가론이 있다. 그 소중한 뿌리로 정말 '문화는 정치'임을 보여주어야 한다.

## '간섭 않는 지원'보다 중요한 것

"지원은 하되 간섭은 않겠다." 모든 정부가 이렇게 말했다. 군사독재정권까지도 그랬다. 그러나 한 번도 간섭 없는 지원이란 없었다. 자신을 욕하고, 화살을 쏘아대는 문화예술은 아예 싸늘하게 외면하거나 억눌렀다. 아무런 간섭도 안 받고 마음대로 쓸 수 있는 돈이란 흔치 않다. 세상에 그런 돈은 없을지도 모른다. 부모자식 간에도 경제적 지원에는 간섭이 따른다. 그래서 어느 스님은 부모의 감시와 통제에서 벗어나려면 경제적으로 독립부터 하라고 말했다. 정부의 지원금은 국민이 낸 세금이다. 당연히 엉뚱한 곳에 쓰거나 낭비하지 않도록 감시하고 살펴봐야 한다. 문제는 정권이 돈의 주인인양 멋대로 생색내고, 나누고, 간섭하고, 통제하는데 있다. 지원은 궁극적으로 국가와 국민을 살찌우고 행복하게 만드는데 목적이 있다. 문화예술도 마찬가지다. 예술인들의 삶을 돕고 창의성을 키워 다양하고 풍성한 문화예술로 행복한 국민을 만들기 위해서다.

이를 위해서는 무엇보다 간섭과 통제부터 없애야 한다. 문화예술이야말로 가장 독립적이고 자유로워야 창의력과 상상력이 살아나고, 그것을 바탕으로 다양한 생명력을 가진다. 사람들은 그런 문화예술을 만들고 누리기를 원한다. 역사를 돌아보면 통제와 억압이 있는 곳에 문화와 예술도 죽었다. 그래서 어떤 타협이나 순응도 거부하는 '독립군'이 되기도 했다. 거기에는 작고 가난하지만 돈으로 살 수 없는 것들이 있었다. 주제나 소재의 자유, 날카로운 문제의식과 비판적 시각, 과감한 실험정신, 개성이었다. 문화예술이 원하는 것은 이런 혼과 가치를 소중히 지키고 가꾸는 '지원'이다. 그것이 아니면 독이다. 가난한 시인이 돈 몇 푼 때문에 영혼을 팔아 누군가를 위해 마음에도 없는 '찬가'를 지었다면 시가 아니다. 정부 지원금을 받으려 눈치 보며 상영하고 싶은 영화를 포기한 영화제는 '축제'가 아니다.

모든 정부가 '나름대로 지원은 하되 간섭하지 않았다'고 주장한다. 일견 맞다. 문제는 '나름대로'에 있다. 자기 사람들, 자기와 같은 색깔의 문화예술에만 그렇게 했다. 명분은 그럴듯했다. 어느 정부는 한쪽으로 기울어진 균형의 회복, 어느 정부는 비정상의 정상화라고 했다. 그 균형과 정상화의 저울추는 물론 자신들이 멋대로 정한 것이었다. 진짜 목적은 문화예술까지 자기 입맛에 맞는 것들로 채우려는 데 있었다. 알아서 장단을 맞춰주니 굳이 간섭할 이유도 없었다. 그것을 위해 유형, 무형의 블랙리스트, 화이트리스트도 주저 없이 만들었다.

자기식구 챙기기를 위해서라면 어느 정부, 어느 분야 할 것 없이 수단과 방법을 가리지 않고 제도와 절차까지도 서슴없이 무너뜨렸다. 정권이 바뀔 때마다 문화예술계가 '복수'의 춤을 추는 이유였다. 내 사람만 골라놓고는 균형이니 정상화니 하는 것은 명백한 편파이고 차별이다. 그래놓고는 간섭 않는다는 것은 부정의 묵인이고, 야합이다. 정권에 따라 사람만 바뀌었지 이런 적폐가 반복되고 있다. 말이 공정이지, 어느 정부에서도 공정한 선택이나 문화예술의 다양성을 존중하는 배려는 찾아보기 힘들다.

간섭 없는 지원에 앞서 꼭 한 가지를 보태야 한다. 오로지 문화의 본질인 창의성과 다양성만을 보는, 한풀이나 편 가르기가 아닌 '조건 없는 선택'이다. 그것이 있어야 문화예술 지원에서도 기회는 평등하고, 과정은 공정하고, 결과는 정의로워진다. 문화가 제대로 숨을 쉰다.

# 박물관,
# 살아있습니까?

살아있는 박물관. 할리우드 영화에서가 아니다. 우리나라에 실제로 있다. 그것도 서울 인사동을 비롯해 전국에 5개다. 중국, 베트남 등 동남아에도 6군데나 만들어 놓았다. 착시올티컬일루전예술을 이용한 놀이시설에 불과하지만, 그래도 박물관 하면 그냥 눈으로 보기만 하던 것에서 듣고 만지기까지 할 수 있는 체험공간이니 '박물관'이란 이름이 낯간지럽지만 '살아있다'는 말이 억지는 아니다.

이런 테마파크 말고 진짜 전시물들이 살아나 움직이는 박물관도 있을까. 동물원이면 몰라도 세상에 그런 박물관은 없다. 영화나 소설에서나 가능한 일이다. 속편까지 나온 숀 레비 감독의 할리우드 오락영화 〈박물관은 살아있다〉에서는 매일 밤 전시물들이 한꺼번에 살아나 박물관을 돌아다닌다. 시공간을 뛰어넘어 로마의 전투사와 미국의 카우보이들이 전쟁을 벌이고, 네안데르탈인은 자신의 디스플레이 케이스를 불태우고, 티라노사우루스가 박물관 안에서

날뛴다. 심지어 왁스 모형인 미국 루스벨트 대통령까지 벌떡 일어나 전투에 참가한다.

영화는 그나마 표현의 한계가 있어서 그렇지, 언어로는 마음껏 더 황당한 상상력을 펼칠 수 있다. 독일의 랄프 이자우가 1992년 자신의 딸을 위해 쓴 『잃어버린 기억의 박물관』은 판타지로 아이들의 호기심과 상상력 마음껏 자극한다. 박물관 경비원인 아버지가 고대 유물과 함께 흔적도 없이 사라져 버리자 쌍둥이 남매가 고대 신화의 저주를 풀어 잃어버린 기억 속의 세계와 살아 있는 기억 속의 세계를 모두 지배하려는 바빌로니아의 신神인 크세사노의 음모를 막아낸다. 동화, 뻔한 결말에도 불구하고 해박한 고고학적 지식과 역사와 신화를 잘 녹여냈고, 현실과 환상의 세계를 교차시키면서 '기억'에 대해 나름대로 진지하게 고찰하고 있다. 그 '기억'이야말로 박물관의 생명이고, 박물관을 살아있게 만드는 것이 아닐까.

박물관은 '기억'의 공간이다. 그 기억은 '시간'이 만들어준다. 사람들은 박물관에서 시간여행을 하고, 그 여행을 통해 '기억'을 다시 만난다. 그리고 그 기억을 통해 살아난 과거를 현재와 하나로 잇는다. 박물관에 수없이 전시된 유물들은 낡고 죽은 것들이지만, 그것들에 스며있는 시간의 향기가 기억과 추억에 생명력을 불어넣어준다. 그 향기를 간직하고 있어야 박물관이고, 기억을 불러낼 수 있어야 '살아있는 박물관'이다.

꼭 거창하고, 희귀한 유물일 필요도 없다. 값진 보물이나 국보급 불상이 아니라도 좋다. 이름 모를 조상이 남긴 낡은 책, 할머니가 쓴 등잔, 된장 맛이 아직도 배어있는 항아리, 옛 선비가 밤새워 책 읽기 위해 밝힌 등잔, 임진왜란 때 왜군을 향해 쏘던 화살에도 시간의 향기는 있다. 그런 '유물'뿐이랴. 할아버지가 거닐었고, 아버지가 지나갔으며, 지금의 내가 만나고 있는 숲과 나무, 사라진 것 같지만 새로운 발명품 한구석에 흔적이 남아있는 전통기술에도 시간과 기억은 있을 것이다.

우리에게 이렇게 '살아있는 박물관'은 얼마나 있을까. 대한민국에는 크고 작은 박물관이 800개가 넘는다. 절반 가까이는 말 그대로 '박물'을 모아놓은 국·공립 박물관이고 100개는 그와 비슷한 대학박물관이다. 나머지가 소위 '테마' 중심의 작은 사립박물관이다. 놀랍게도 소장 유물은 국·공립과 대학박물관을 다 합쳐도 작은 박물관보다 적다. 살아있는 역사와 문화를 채울까는 고민하지 않고 정치적 배경으로 무책임하게 여기저기 박물관만 덜

렁 세웠기 때문이다. 대부분 썰렁하고, 유물이 많다고 해도 특색이 없이 비슷비슷한 역사물만 놓여있다. 민간이 소장하고 있는 다양한 유물들을 열심히 불러들여 박물관을 '살아있게' 해야 하는데, 설령 그것을 모으더라도 국립지방박물관에는 보관할 수장고가 하나도 없다.

그나마 '시간'이 숨 쉬고, '기억'이 살아있는 곳은 우리나라 방방곡곡, 세계를 돌며 모은 유물들로 빼곡하게 차려놓은 작지만 아기자기하고, 테마가 있는 사립박물관들이다. 물론 다 그렇지는 않다. '테마'란 이름이 창피할 정도로 빈약하고 색깔도 없이 얄팍한 장삿속만 드러낸 곳도 있다. 박물관을 금고로, 유물을 사유재산으로만 생각해 정작 귀한 것은 아무에게도 보여주지 않고 꼭꼭 숨겨둔 곳도 적지 않다. 유물은 그것이 아무리 귀하고 값지더라도 창고나 금고에 갇혀 있으면 죽은 '물건'이다. 전시실로 데리고 나와 많은 사람들의 '기억'과 만나게 해야 한다. 그래야 유물도, 박물관도 살아있게 된다. 어두운 창고에 쌓여서 기억을 잃어가고 있는 몇몇 사립박물관의 유물들이 비어있는 지방박물관으로 여행을 떠나야 한다.

『대한민국 박물관 기행』에 기억과 시간을 기다리는 '보석 같은 박물관' 41곳을 소개한 배기동 한양대 문화인류학과 교수는 "아름답고 가치가 있기에 박물관의 유물이 된 것이지만, 그 가치

를 알아보고 더 많은 사람들과 만나기를 염원한 열정적인 사람들의 상상을 통해 유물은 가치 있는 존재가 되는 것"이라고 했다. 박물관을 살아있게 하는 것도, 유물을 가치 있게 만드는 것도 결국 사람이란 얘기다. 유물을 통해 우리는 시간을 기억하고, 그 시간이 곧 삶이다. 박물관의 유물은 삶의 기억뿐만 아니라, 앞으로 가야할 삶에 대한 시간까지 가르쳐준다. 비록 그 길이와 방향과 색깔은 각자 다르겠지만. 박물관은 그렇게 살아있어야 한다.

### '살아있는 미술관'을 위하여

스스로 움직이지 않고 누군가 찾아와 보여지기를 가만히 기다리는 곳. 그래서 미술관의 시간은 늘 정지된 것처럼 느껴진다. 그런 미술관에 생명을 불어넣고, 시간을 되살리고, 그림과 조각을 살아 움직이게 하는 것은 사람들과 다른 예술의 입김이다. 스스로 문턱을 낮추고, 다른 예술과의 결합을 통해 틀을 깰 때 미술관도 '문화가 숨 쉬는 곳', '삶이 살아있는 공간'이 된다. 오로지 보여주기만을 고집하고, 그림만을 품으려 하면 사람들로부터 점점 멀어질 수밖에 없다. 사람들이 찾지 않으면 미술관은 한낱 창고에 머물고, 뛰어난 명화도 외로운 '장식'에 그치고 만다.

미술관이라고 예술만을 고집할 이유도 없다. 그렇다고 품격이 높아지고 고상해지는 것도 아니다. 음악이면 어떻고, 영화면 어떻고, 춤이면 어떤가. 사람들이 쉽게 그곳에서 어울리고, 서로 다른 영역의 자연스러운 결합을 통한 시간과 공간, 느낌과 감정의 어울림이야말로 미술관도 '살아있게' 한다. 이미 세계 유명미술관이 그렇게 변신했다. 미국 뉴욕 메트로폴리탄 미술관에서는 '뮤지엄 워크아웃The Museum Workout'으로 그림이 에어로빅과 체조가 만나고 영국의 런던 빅토리아&앨버트미술관, 미국 뉴욕 브루클린미술관에서는 그림 속으로 요가와 명상이 들어가 새로운 생명력을 불어넣고 있다. 우리의 국립현대미술관도 그렇게 하고 있다. 2017년 여름 과감하게 문을 활짝 열고 마련한 '에코 판타지'가 그것이다. 그림이 스포츠와 음악과 영화와 휴식과 만나는 시간에서 국립미술관의 두 가지 새로운 길을 보여주었다. 하나는 공간의 확장이고, 또 하나는 시간의 확장

이었다. 〈에코 판타지〉가 펼쳐지는 시간만큼은 미술관이 그림을 위한 공간에서 벗어나 사람과 사람이 어울리고, 문화와 문화가 서로 어울리는 곳이 됐다. 다양한 삶의 체험 공간, 마음이 숨 쉬는 공간, 정신가 육체의 쉼터가 됐다. 그것이야말로 예술, 그것을 담고 있는 공간의 본질이기도 하다.

'국립'이란 고정관념을 벗어던지고 미술관 곳곳에서 요가도 하고, 춤도 추고, 한여름 밤의 야외콘서트도 펼치고, 영화도 상영했다. 거대한 대나무 숲 구조물 '움직이는 거실'도 만들었다. 보는 것을 넘어 체험하고, 함께 숨 쉬는 '삶의 공간'으로서 미술관. 분명 필요한 일이고, 그 자체만으로도 미술관은 우리 곁으로 좀 더 가까이 다가왔다.

이렇게 미술관도 서로 다른 세계와, 사람들과 어울리고 시간을 나눌 때 살아있다. 그것이 때론 어색하고, 잠시 혼란스럽고, 불협화음을 내면 어떤가. 문화와 예술은 그렇게 새로운 경험을 통해 우리의 삶 속으로 들어온다.

# 독립책방, '책의 향기'를 살리다

마음을 읽는 공간. 서울 종로구 혜화동 뒷길의 작은 서점에는 이런 문구가 붙어있다. 밖에서 얼핏 보면 카페, 아니면 아주 작은 도서관 같다. 스스로 '마음책방'이라고 이름붙인 이곳에는 있는 책이라고 해야 2,000여권 정도. 웬만한 개인 서재에 불과하다. 대신 책방의 닉네임대로 서가에는 마음에 관한 책들이 몸, 마음, 삶을 주제로 여유 있게 자리 잡고 있다. 마치 책들도 편안이 쉬고 있는 것처럼.

가벼운 에세이에서부터 예술서까지, 어느 하나 무심히 갖다 놓은 것이 없다. 독서심리상담사이기도 한 책방주인이 인문학자, 독서치료사, 명사들의 추천으로 치유<sup>힐링</sup>와 성찰을 담은 책들로만 골랐다. 대형서점과 인터넷서점에 밀려 사라져가던 작은 책방들이 이렇게 자기색깔의 '독립책방'으로 부활했다. 300여 곳이 넘는다. 위치를 알려주는 앱도 나와 있다. '책'이란 공통점을 제외하면 예전의 동네책방과는 모든 것이 다르다. 학교 앞이 아닌 조용한 골목에 자리 잡고 있다. 중고생 참고서는 한 권도 없다. 발 디딜 틈조차 없이 온갖 책들을 쌓아두지도 않고, 서가를 빽빽이 채우지도 않는다. 신간만 고집하지도 않는다. 무엇보다 책과 독서에 대한 주인의 지식과 안목, 그곳을 찾는 사람들의 취향과 수준이 달라졌다. 그런 만큼 그 모습이나 색깔도 동네마다, 서점마다 다르다. 모든 독립책방이 그런 것은 아니지만, 나름대로 노하우와 전문성을 가지고 특정 장르나 주제의 책들만 '고르고 골라' 갖다놓기 때문이다. 아예 전문 작가나 출판사가 손을 잡고 책방을 연 곳도 있다. 문학만을 고집하는 곳도 있는가 하면, 디자인북이나 그림책으로만 서가를 채우는 곳도 있다. 반려동물 전문책방도

출처: 최인아 책방 페이스북

생겼다. '큐레이터 서점', '북 소믈리에', '실렉트 책방'라고 불리기
도 하는 이유이다.

책만 있는 것은 아니다. '북카페'로 커피와 맥주가 함께 한다.
단골손님에게 책을 파는 것만으로는 운영이 쉽지 않는 독립책방
으로서는 시너지효과를 노린 일종의 생존전략이다. 독립책방의
가장 큰 매력이자 무기는 뭐니 뭐니 해도 문화와 지식의 소통과
공유, 작가와 출판사와 서점과 독자의 유기적 결합이다. 이를 위
해 대부분의 독립책방들이 널찍하고 편안한 '책 읽는 공간'을 마
련해 두고 있다. 그곳에서 책방의 개성을 살린 독서모임도 갖고,
작가와 대화의 시간도 가지고, 북 파티나 작은 공연도 연다. 이를
통해 저자는 새로운 아이디어도 얻고, 출판사는 독자들이 어떤
책을 원하는지 알게 되고, 같은 관심과 취향을 가진 독자들은 자
연스럽게 새로운 커뮤니티를 만들 수 있다.

'책 읽는 자리'는 대형서점에도 있다. 교보문고 광화문점에서
보듯, 갈수록 그 공간을 넓히고, 자유롭게 이용하도록 만드는 추
세다. 대형서점 역시 인터넷서점의 공세에 밀리면서 단순한 책
판매로는 더 이상 생존하기 힘들기 때문이다. 그러나 그곳에서는
다양한 취향과 관심의 사람들이 한데 섞여있어 자연스럽게 독서
와 지식을 공유할 수는 없다. 물론 작가의 사인회, 북 콘서트 등
다양한 이벤트가 열리지만 베스트셀러나 시의성에 맞춘 것들이
대부분이다. 다분히 대형출판사와 서점이 특정 책의 판매를 늘리

기 위해 기획한 것이어서 내용보다 겉만 번지르르하다. 많은 사람들이 몰려 깊은 대화나 소통도 기대하기 어렵다.

'독립'은 어디에도 의지하지 않고 홀로 선다는 의미다. 자본주의 사회에서 그것은 곧 '돈'으로부터의 독립이다. 오로지 이익만을 추구하거나, 특정 목적이나 가치를 강요하는 자본의 간섭과 통제로부터 벗어나 나만의 길을 자유롭게 걸어가겠다는 것이다. 외로움과 고통이 따르기 마련이다. 서점도 그렇고, 영화도 그렇고, 빵집도 그렇다. 그러나 '돈'만으로는 결코 만날 수도, 가질 수도 없는 것들이 있다. 독립책방에는 언제부터인가 우리가 잊고 지낸 기분 좋은 냄새가 난다. '책의 향기'이다. 단순한 종이와 잉크냄새가 아니다. 책 하나 하나가 살아 숨 쉬는 것처럼, 손을 내밀면서 이렇게 말을 건다. "나와 함께 당신이 좋아하고, 아파하는 것에 대해 생각하고 이야기해보자"

책은 대형서점에도 꽂혀있고, 인터넷서점에서도 판매하고 있다. 저자도 같고, 모양도 같고, 담겨진 내용도 같다. 같은 책이지만 독립책방의 것은 느낌이 다른 이유는 뭘까. 그 책의 가치를 존중하고, 개성을 오롯이 살려주기 때문은 아닐까. 그 향기를 맡으러 찾아오는 사람들 때문은 아닐까. 독립책방이 동네 곳곳에 '책의 향기'를 피우고, 그곳에서 책과 사람, 사람과 사람, 지식과 감성이 자주 만난다면 우리의 삶 또한 조금은 더 풍요롭게 되지 않을까.

## 헌책방, '추억의 관광 상품'인가

2017년 전남 광주 광주고 인근거리에 있던 헌책방이 폐업을 하면서 남은 책들을 화물차에 실어 폐지로 팔았다. 그 속에는 한눈에 봐도 세월의 깊이가 느껴지는, 지금은 절판돼 구경조차 하기 힘든 희귀도서들도 있었다. 아니나 다를까. 소식을 듣고 달려온 한 전직 교수가 트럭의 짐칸을 뒤져 조선왕조실록, 씨알의 소리 영인본影印本을 챙겼다. 찾는 사람 없고, 책방주인은 더 이상 책 주인이 나타나기를 기다릴 수 없어 40년을 손때 묻은 책들이 '폐지'가 되어 사라졌다.

그 거리에는 1980년대까지만 해도 헌책방이 즐비했다. 거기뿐이랴. 헌책방 거리는 전국 어느 도시든 있었고, 서울 청계천의 상징이기도 했다. 그러나 세태의 변화를 이기지 못하고 변두리로 밀려나고, 손님은 줄어 가게 임대료도 감당하지 못할 만큼 극심한 운영난에 허덕이더니 지금은 찾아보기조차 힘들다. 그나마 살아남은 곳들도 책이 잘 팔려서가 아니다. 자기 건물에서 책방을 하는 주인들이 오랜 세월 함께 해온 책들과 헤어지기 싫어서 그냥 두고 있지만 이젠 나이가 들었고, 책방을 이어갈 사람이 없어 곧 문을 닫을 것이다.

인천에는 경인선 철로가 놓이기 전 인천의 대표적인 서울로 가는 통로인 우각리 길이었던 금곡동과 창영동 경계에 자리한 배다리 헌책방 골목이 있다. 한국전쟁 직후 수레에 책을 싣고 팔던 상인들이 모여들면서 1960년대에는 헌책방이 40여 개나 됐지만 지금은 서너 곳만 명맥을 잇고 있다. 한때 이곳에 사람들의 발길이 잦았다. 드라마 촬영 장소였기 때문이다. 그러면 뭘 하나. 잠시 뿐이고, "기념사진만 찍고, 책은 안 산다"고 책방 주인들은 탄식했다. 부산에도 역사 깊은 헌책방 거리가 있다. 미군부대에서 나온 잡지나 만화 등을 팔면서 시작된 보수동 책방골목이다. 지금도 크고 작은 헌책방들이 남아는 있지만 학생, 공무원 준비생, 직장인들이 즐겨 찾던 1970, 80년대 전성기 모습은 추억이 된지 오래다.

  '헌책방의 메카'였던 서울 청계천에도 신촌과 이문동에도 드문드문 헌책방이 문을 열고 있지만, 어느 곳 할 것 없이 운영난에 허덕이고 있어 언제 사라질지 모른다. 운영난에 허덕이거나 후계자를 찾지 못한 헌책방 주인들이 협동조합을 만들고, 인터넷 쇼핑몰

출처: 한국관광공사 대한민국 구석구석

내가 문화다·생각

과 번영회로 활로를 뚫어보지만 역부족이다. 독자적으로 대형화와 시장다각화를 통해 과감하게 도전한 헌책방도 있었다. 경기 화성시에 '고구마'란 헌책방은 130평 규모에 30만 권의 책을 구비하고 시대 흐름에 맞춰 1998년 국내 처음으로 온라인 중고서점 사이트까지 열었지만 대형 온라인서점에 밀려났다. 그리고 이제는 헌책까지 대형 온라인서점이 매장까지 갖추고 독식하고 있다.

새 책만 찾거나, 아예 책을 읽지 않거나, 종이책보다는 휴대폰이나 태블릿 PC로 e북을 읽는 세대들에게는 헌책방은 '고물상'처럼 생각될지 모른다. 하나 둘 문을 닫는 헌책방들을 일부 지자체들이 살려보겠다고 나서고 있다.

주변, 아니면 도시의 다른 거리나 명소와 연결하는 '관광 상품화' 작업이다. 인천시 동구는 골목문화투어로 전통공예상가, 헌책방골목, 역사문화마을, 창영초등학교로 이어지는 1.6㎞를 '우각로를 따라 걷는 근·현대사길'로 조성했다. 헌책방 골목입구에는 옛 배다리 사람들의 모습과 생활상을 그린 벽화 거리도 만들었다. 부산시도 보수동 책방골목을 자갈치시장, 광복동, 차이나타운역 등과 연결하는 '원 도심 스토리투어' 코스에 넣었다. 서울시는 헌책방을 포함한 시내 서점 470여 곳을 담은 '서울시 책방지도'를 만들어 배포했다. 지자체의 생각은 비슷하다. 헌책방을 이제는 필요 없어진 옛 것, 추억의 '볼거리' 상품으로 만들겠다는 것이다.

이런 시각과 인식이 사라져가는 헌책방의 생존과 부활에 도움이 될까. 동네 작은 도서관이나 서점들이 단순히 책을 읽고 파는 곳이 아니듯, 헌책방 역시 그 역할이 점점 줄어들고는 있지만 지식과 역사와 삶의 창고이다. 이 같은 본래의 역할과 의미를 되살리기보다는 단지 추억의 '상품'으로서 보존한들 그것은 밀랍인형이나 기념물과 다를 바 없다. 헌책방은 단순히 가난했던 시절 헌책을 사기 위해 찾았던 '추억의 장소'만은 아니다. 아무도 모르게 버려질 뻔한 소중한 문화유산인 서적과 자료들이 모여 있고, 광주의 헌책방처럼 지금은 어디에서도 구할 길이 없는 영인본이나 초판본이 숨어있다.

동네서점들이 문화공간으로의 변신과 특화를 통해 '살아있는' 존재로서 생명을 이어가듯 헌책방 역시 구경거리가 아닌 또 하나의 자료와 지식의 창고일 때 존재가치가 있다. 지금도 일본 도쿄의 간다 거리에는 수많은 고서점이 문을 열고 있고, 외국 관광객이 아닌 일본 국민들의 발길이 이어지고 있다. 메모리 칩 하나에 수만 권의 분량을 담고, e북으로 독서하는 시대지만, 낡은 책 한 권도 함부로 버리지 않아야 한다. 그 내용까지 낡은 것은 아니기 때문이다. 언젠가는 그 책이 역사가 된다.

# '옥자'가 내딛은
# 새로운 길

사실, 새로운 길도 아니다. 이미 외국의 많은 영화들이 그렇게 하고 있으니까. 우리에게는 처음이기에 말도 많고, 논란도 많다. 시대가 변하고, 환경이 달라지고, 기술이 발전하면 영화의 제작도, 개봉방식도 달라지는 것은 당연하다. 1980년대까지도 대형 단관 개봉관과 재개봉관으로 나누어져 있던 극장에 멀티플렉스가 등장하고, 디지털이 비디오테이프를 CD로, 케이블TV가 그것마저 삼켜 버리고 VOD를 넘어 이제는 멀티미디어 디바이스와 스마트 디바이스의 기술로 디지털 콘텐츠 플랫폼에서 컴퓨터나 모바일 폰으로 원하는 영화나 드라마를 바로바로 볼 수 있는 시대에 홀드백hold back은 무의미해졌다.

영화가 꼭 순서와 기간을 지켜 다음 수익 단계로 넘어가야 할 이유도 없고, 그러기에는 유통이 너무나 다양해졌고, 한 곳에서의 소비기간도 갈수록 짧아졌기 때문이다. 꼭 첫 시장에서 수익을 가장 많이 낸다거나, 그곳에서의 화제와 흥행이 이어진다는 보장도 없어졌다. 이런 세상이니 영화도 과거 유통방식을 따르다가는 경쟁력만 떨어지기 십상이다. 새로운 패러다임은 필연이다. '영화는 극장에서 먼저'를 고집할 이유도, 미국의 극장에 진출하려고 아등바등할 필요도 없다. 디지털 콘텐츠 플랫폼만 이용하면 언제든 세계 전역에 동시 개봉할 수 있는 길도 있다.

플랫폼은 말 그대로 '승강장'이다. 4차 산업혁명시대 문화콘텐츠의 생산, 유통, 소비의 새로운 패러다임의 상징이자 출발이다. 봉준호 감독의 새 영화 〈옥자〉가 첫발을 내디뎠다. 미국의 인터넷 스트리밍실시간 재생 서비스 업체인 넷플릭스를 2017년 6월 전 세계에 개봉했다. 같은 날 극장에서 동시 개봉한 나라는 미국과 영국, 우리나라뿐이었다. 극장이라고 해야 영국과 북미를 합쳐 10개 정도이고, 우리나라 역시 전체 상영관의 90%를 차지하는 3대 메이저 멀티플렉스CGV, 롯데, 메가박스가 빠져 마음먹고 찾아가야만 하는 일반 복합상영관이나 예술극장들이다. 소도시에 이름도 생소한 작은 영화관까지 합쳐도 스크린 수가 100여개 밖에 안 되었다.

다른 감독도 아닌 〈살인의 추억〉·〈괴물〉·〈마더〉·〈설국열차〉로 이어지면서 흥행과 작품성을 국내는 물론 세계에 입증한 봉준호의 영화다. 〈괴물〉이 전국 스크린의 38%인 620여개를 장악해 독과점 논란을 불러일으킨 것과는 천양지차다. 〈옥자〉가 예술영화 또는

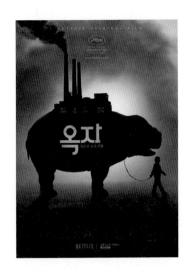

작은 영화도 아니다. 제작비
만 600억 원이 들어간 '대작'이
다. 〈설국열차〉처럼 외국과의
합작으로 한국과 할리우드 배
우가 함께 나온다. 스태프 역
시 그렇다. 무대도 한국과 미
국을 오가는 〈옥자〉는 봉준호
감독 특유의 기발한 상상력과
독창적인 캐릭터 슈퍼 돼지가 살아
있으며 육식을 탐하는 인간을
풍자한다. 그 속에서 소박하고 잔잔한 휴머니즘을 담아내 '머리와
가슴으로 보는 작품'으로 평가받았다.

봉준호 감독도 자신의 영화를 멀티플렉스에서 그것도 한꺼번
에 수백 개 스크린에서 상영하고 싶었을 것이다. 컴퓨터그래픽이
라고는 여겨지지 않을 정도로 눈동자나 표정, 행동이 실물처럼
섬세한 거대한 몸집의 '슈퍼 돼지' 옥자를 대형 스크린을 통해 관
객들에게 먼저 선보이고 싶었을 것이다. 그러나 제작비 전액을
투자한 곳이 다름 아닌 인터넷 동영상 스트리밍 서비스업체이니
'온라인과 극장 동시'란 그들의 개봉원칙을 따를 수밖에 없었다.
극장흥행에 자신이 없어서는 아니었다. 변화된 환경의 유통 패러
다임을 만든 것이다. 그것을 위해 브래드 피트 주연의 〈워 머신〉

에도 투자했고, 데이빗 핀처 감독의 드라마 〈하우스 오브 카드〉를 자체 제작해 전 분량을 동시에 공개한 그들로서는 당연한 선택이기도 했다.

이같은 온라인 동시개봉을 국내 멀티플렉스는 거부했다. "기존의 영화 유통시스템을 무시했다"것이 이유였다. 기존의 홀드백을 지켜 자신들 극장에서 먼저 상영하고 나서 온라인 서비스를 원했다. 그래야 극장에 관객이 더 몰려 수익이 커진다. 이런 유통시스템을 받아들였다가는 극장의 존립이 위협받을 수 있다는 위기감도 작용했다. 〈옥자〉의 개봉방식이 영화업계에 던진 충격은 국내뿐만이 아니었다. 그 해 열린 프랑스 칸영화제에서도 극장에 상영하지 않은 〈옥자〉의 출품자격과 상영을 두고 논란이 벌어졌다. 영화제측은 극장상영 작품만 초청대상으로 한다는 새로운 기준까지 마련했다.

넷플릭스는 이미 세계 190여 개국, 1억 2,500만 명 이상이 이용하는 세계 최대 스트리밍 서비스업체인 넷플릭스는 영화, 드라마는 물론 예능 동영상까지 제공하고 있다. 한 달에 1만 원10달러 정도만 내면 영상 콘텐츠를 마음껏 볼 수 있고, TV가 아니더라도 다양한 기기에서 넷플릭스 콘텐츠의 스트리밍 시청이 가능하다. 국내에도 가입자가 30만 명 이상인 것으로 알려졌다. 현지 콘텐츠 제작에도 적극적이어서 이미 한국에서도 예능추리프로인 〈범인은 바로 너〉와 이병헌 주연의 드라마 〈미스터 선샤인〉까지 선보였다. YG엔터테인먼트와 함께하는 예능 프로그램 'YG전자', 사극 좀비 드라마 '킹덤' 등 한국형 오리지널 콘텐츠도 제작 중이다.

상황이 이런데 마냥 기존의 틀만 고집할 수는 없다. 영화, 나아가 문화콘텐츠의 플랫폼 전환은 '현실'이 됐다. 더구나 우리는 ICT 강국에 제4차 산업혁명시대를 준비하고 있다. 머뭇거리고, 거부만 하다가는 과거 할리우드 직배사가 그랬던 것처럼 자칫 영화의 새로운 유통시장을 외국 인터넷 서비스 기업에 모두 내어줄지도 모른다. 극장까지 언제 과거 비디오 렌탈시장과 같은 운명을 맞을지 모른다. 넷플릭스가 던진 〈옥자〉란 돌을 무시하거나 피하지 말아야 한다. 그럴 수도 없다. 모바일 동영상 서비스 OTT 옥수수와 올레 tv 모바일이 넷플릭스에 대항할 힘을 얻기 위해 오리지널 콘텐츠를 강화한다. SK브로드밴드 옥수수, KT 올레 tv 모바일이 〈레드벨벳의 레벨업 프로젝트〉, 〈사다리 타고 세계여행 EXO〉, 〈두부의 의인화〉등 자체제작 콘텐츠를 제작해 선보인 것이 말해준다.

넷플릭스의 〈옥자〉 투자와 서비스는 수직계열화로 영화산업을 독점한 채 자신들 이익에만 집착해 과감한 투자와 제작, 새로운 생태계 조성에 인색한 대기업 제작·배급사에 대한 경고의 메시지였다. 〈옥자〉가 100% 외국자본, 그것도 세계 1위 동영상 스트리밍 기업의 돈으로 만들어졌다는 것부터가 부끄러움이다.

## 디지털 콘텐츠 '플랫폼'의 힘

4차 산업혁명시대이다. 모든 산업이 정보통신기술 ICT과 융합하는 차세대 산업혁명은 시작됐다. 컴퓨터 정보화시대에서 인공지능 AI, 로봇, 생명과학이 산업을 주도하고 있다. 실재와 가상의 경계가 무너지고 세상을 자동적으로, 지능적으로 제어할 수 있는 가상 물리시스템이 구축되고 있다. 문화도 예외일 수 없다. 멀티미디어 디바이스와 스마트 디바이스의 기술은 가만히 앉아서 손가락 하나로 세계 곳곳의 온갖 다양한 디지털 콘텐츠를 불러올 수 있게 만들었다. 과거의 생산, 유통방식으로는 경쟁력도 없고, 살아남을 수도 없다. 새로운 패러다임이 필요해졌다.

스마트폰과 컴퓨터로 누구나 작고 개성적인 콘텐츠를 만들 수 있다. 영화나 드라마 한편 수입·수출하기 위해 멀리 미국 필름마켓까지 직접 가서 홍보하고, 상영하고, 배급자를 만날 이유도 없다. 제대로 된 디지털 콘텐츠 플랫폼 하나만 있으면 된다. 플랫폼은 말 그대로 디지털 콘텐츠의 모든 것을 가진 거대한 기지이자, 승강장이다. 아무리 좋은 아이디어와 콘텐츠가 있어도 시대에 맞는 융합과 유통이 없으면 글로벌 경쟁력을 잃게 된다. 디지털 플랫폼은 4차 산업혁명시대 문화콘텐츠의 생산, 유통, 소비의 새로운 패러다임의 상징이자 출발이다.

국내에도 있다. 2011년부터 5년 동안 기술 개발과 특허, 사업화 작업을 시작해 2016년 하반기부터 본격 서비스를 시작한 타이탄 플랫폼을 한번 보자. 디지털 콘텐츠의 생산과 소비는 물론 소통의 공간까지 마련한 디지털 콘텐츠 오픈 마켓이다. 처음에는 단순한 소통 수단이었던 소셜 미디어 SNS가 네트워킹, 협업, 퍼블리싱, 피드백 등 4가지의 소셜 플랫폼으로 발전하고 있듯이 플랫폼도 처음에는 단순히 디지털 콘텐츠 마켓이었다. '원 스토어'란 이름으로 통합하기 전까지의 이동통신사들과 포탈이 제각각 운영하던 앱 스토어들도 그랬다.

그러나 지금은 말 그대로 '올-인-원'이다. 생산자 또는 권리자와 이용자들이 개인화된 채널을 통해 각각 콘텐츠를 생산, 소비할 수 있다. 나아가 SNS처럼 취향과 관심이 비슷한 이용자들의 네트워킹, 자신의 의견과 생각을 콘텐츠로 표현하고 공유하는 퍼블리싱은 물론, 콘텐츠에 대한 자유로운 의견을 통한 피드백과 새로운 콘텐츠로 재탄생하는 협업의 과정까지 모두 가능하다. 플랫폼이 콘텐츠의 단순한 소비 마켓을 넘어 소통의 광장과 생산기지 역할까지 한다.

디지털 플랫폼은 아직도 중국에서는 다반사인 콘텐츠의 불법 복제나 이용을 TCI 기술을 통해 원천적으로 봉쇄해 저작권을 보호하고 제작자의 이익을 높이는 역할도 한다. 기술발전으로 다양한 디지털 콘텐츠를 쉽고 편리하게 이용할 수 있는 스마트 디바이스에서도 콘텐츠를 합법적이고 안전하게 유통, 공유할 수 있도록 한다. 우리의 콘텐츠를 글로벌 네트워크를 통해 세계시장에 수출하는데도 훨씬 효율적이다. 미국 극장에 우리 영화를 상영하려면 장벽이 한 둘이 아니다. 상영해도 소규모이다. 미국의 한국영화와 K-POP 마니아들이 다양한 작품, 뮤직비디오까지 감상하기란 쉽지 않다. 그러나 플랫폼이 있으면 언제든 컴퓨터나 스마트 폰으로 즐길 수 있다.

국내에도 플랫폼을 이용하는 사람이 점점 늘고 있다. 머지않아 디지털 콘텐츠의 유통과 마켓이 플랫폼으로 넘어가는 것은 필연이다. 디지털 플랫폼에는 영화나 드라마, 애니메이션, 뮤직비디오뿐만 아니라 전자책, 방송, 교육, 스포츠 콘텐츠도 상품으로 진열된다. 전문제작자나 회사의 작품은 물론 일반인들이 제작한 창작영상, 마니아들의 게임플레이 편집영상, 팬들이 공연 현장에서 찍은 영상도 있다. 콘텐츠 생산의 다변화와 활성화를 위해서는 뷰티, 코믹, 패션, 뮤직, 게임 등의 다중채널 네트워크MCN 콘텐츠도 기꺼이 상품으로 가치를 인정받는다.

이런 콘텐츠의 생산과 소비가 증가할수록, 플랫폼은 다양한 방면에서 디지털 콘텐츠산업에 활력소가 될 것임이 분명하다. 플랫폼이 이렇게 창작의 활성화와 인력양성의 기능까지 해준다면, 우리의 디지털 콘텐츠의 생산- 유통- 소비도 보다 풍성하고 다양하고 강해질 것이다. 그렇게 가고 있다.

# 바벨탑과
# 소통의 문

  인간 사이에 완전 소통이 가능할까. 부모, 가족조차 마음과 생각이 통하지 않아 답답한데 타인, 집단, 사회, 국가 간에야 말해 무엇하랴. 게다가 소통의 가장 중요한 수단인 언어까지 다르다면. 언어가 다르다는 것은 단순히 말이 통하지 않는다는 차원을 넘어선다. 대상에 대한 인식, 삶과 방식, 그 삶을 드러내는 태도까지 다름을 의미한다.

  인간은 오래 전부터 소통에 고민해 왔다. 그것이 오죽 힘들면 인간의 영역이 아닌 신의 영역이라고 간주했을까. 성서 '창세기'에 등장하는 바벨탑은 인간들 사이에서 소통이 얼마나 어려운 일인지, 또 간절한지를 말해준다. 자신들의 한계를 부정하고 신에 닿기 위해 하늘로 높은 탑을 쌓는 인간들의 오만함과 무모함에 분노한 신은 소통의 일차적 수단인 언어를 서로 다르게 만들어 바벨탑을 무너뜨렸다. 상상일지 몰라도 인간들 사이에 소통은 원천적으로 불가능해졌고, 그런 만큼 소통을 간절히 원한다는 의미일 것이다.

〈바벨〉이란 영화는 소통의 문제가 단순히 언어의 차이에서만 오는 것이 아니라고 말한다. 동일한 시간대에 서로 다른 공간에서 다른 언어를 쓰는, 전혀 상관없을 것 같은 4개 나라 사람들이 자신의 의지와 상관없이 하나의 고리로 연결되면서 비극을 몰고 온다. 알레한드로 곤잘레스 감독은 "우리는 '생각'에 대한 경계 대신, '지역'에 대한 경계에 대해서만 이야기한다. 내가 생각하기에 진정한 경계란 우리 안에 존재하는 것"이라고 말했다. 어쩌면 소통에는 언어보다 문화, 가치관, 내면갈등, 자신이 처한 상황, 개인과 개인의 관계, 국가 사이의 관계 등이 훨씬 중요하다는 것이다.

〈바벨〉은 상황에 따른 불완전 소통의 사례를 제시한다. 아프리카 모로코의 어느 사막마을에 사는 압둘라가 친구로부터 구입한 장총을 어린 아들 아흐메드와 유세프 형제에게 맡긴다. 자칼의 공격으로부터 염소 떼를 보호하기 위한 것이었다. 압둘라 가족은 대화에서부터 가부장적 권위와 남녀차별이 존재한다. 때문에 자식들은 아버지를 두려워하면서도 그의 말에 순종하지 않고, 상호 불평등한 소통이 주는 불만이 반항과 타인에 대한 이유 없는 공격으로 나타난다. 호기심으로, 쓸데없는 경쟁심으로 사격 놀이를 하던 형제의 눈에 미국 관광객을 태운 버스 한 대가 들어오고, 동생 이

버스를 향해 총을 쏜다.

공교롭게도 총알이 버스 유리창을 뚫고 리처드의 아내 수전의 어깨를 관통한다. 병원도 의사도 없는 오지에서 버스는 일행을 태우고 우선 근처 낯선 마을로 들어간다. 리처드는 다급하게 미국 대사관에 후송을 요청하고는 아내를 마을 한 노파집에 눕힌다. 예정된 코스가 아닌 낯선 이방인의 마을에 온 일행의 두려움과 그들의 돌발적 침입에 당황하고 불안해하는 마을사람들. 언어의 차이, 외양의 차이로 인한 것이 아니다. 아프리카와 중동에서 미국은 테러진압하기 위해 무력을 거침없이 사용해 자신들의 생명을 위협하는 존재이기 때문이다.

국가 간, 집단 간의 관계는 개인의 마음과 상관없는 경우가 많다. 미국인들 역시 평범한 관광객에 불과하고, 어떤 적대적 경험도 없지만 그들 역시 마을사람들에게 부정적 감정을 가진다. 리처드가 아내에게 아무도 접근하지 못하도록 한다. 미국에게 그곳은 적지 같은 곳이어서 수전의 생명을 구하기 위해 구급차나 헬기를 보내달라는 리처드의 절박한 요청을 미국대사관은 거절한다. 한 발의 총성이 테러사건일 수 있다는 의심 때문이었다.

리처드와 수전의 관계는 어떨까. 큰 아들의 죽음에 대한 죄책감과 상처를 서로 쓰다듬지 못해 갈등하고 있었다. 깨끗한 것을 좋아하는 수전은 덥고 불편하고 지저분한 아프리카 여행을 원치 않았고, 리처드는 낯설고 낮은 곳으로의 여행이 자신과 아내에게 치유의 시간이라 생각했다. 그래서 아내를 억지로 데리고 여행을 시작했다. 여행의 시작부터 소통은 단절됐고, 당연히 둘은 거의 말을 하지 않았다. 가장 가까운 부부 사이에서의 의사소통조차 취향과 가치관의 차이와 공감의 부족으로 장애를 겪고 있었던 셈이다.

수전의 부상은 미국에 있는 어린 아들과 딸, 그리고 그들을 돌보는 멕시코 유모인 중년 여인 아멜리아에게도 영향을 미친다. 부부가 돌아오기를 기다리던 그녀는 리처드로부터 예정대로 돌아가지 못할 사정이 생겨 며칠만 아이들을 맡아달라는 국제전화를 받는다. 그러나 아멜리아는 그럴 수 없는 사정이 있었다. 내일이 아들 결혼식이어서 멕시코에 가야 했다. 아이들을 대신 맡아줄 사람을 찾아보지만 없어 고민 끝에 그녀는 아이들을 데리고 멕시코로 간다. 문제는 결혼식을 치르고 미국으로 돌아가는 길에서 일어난다. 술에 취해 운전하는 조카 산티아고와 미국 아이를 데리고 있는 멕시코 여인을 국경검문소의 미국경찰은 밀입국자나

마약밀수업자로 의심한다. 진실을 말해도 소용없다는 사실을 아는 산티아고는 충동적으로 차를 몰고 도망치면서 사막 한가운데 아멜리아와 아이들을 내려놓고 사라진다.

편견은 소통을 막고, 진실을 막고, 삶까지 파괴한다. 사건을 수사하러 나온 모로코 경찰의 총에 아들이 죽자 압둘라는 이렇게 울부짖는다. "잘못하지 않았어. 멍청했을 뿐이지"라고. 그 '멍청했을 뿐'이란 다름 아닌 '소통의 부재'다. 아멜리아도 마찬가지다. 아이들이 그를 따르고, 그녀 역시 사막에 남겨진 아이들을 살리기 위해 최선을 다하지만 미국경찰에게도, 리처드에게도 배척당한다. 멕시칸이란 사실, 보모란 사실, 가난한 사람이란 사실이 그녀로 하여금 진실을 말해도 믿을 수 없는 존재'로 만들어버렸다.

소통에 꼭 말이 필요할까. 자신이 진정 힘들 때, 소통의 문은 열리는지도 모른다. 그렇게 모로코 여행을 더럽다고 싫어했고, 총상을 입고 마을에 들어와서도 원시적 치료와 생활<sub>대야에 소변보기</sub>에 거부감을 드러냈던 수전은 조금씩 노파의 손길을 받아들인다. 자신을 위해 최선을 다하는 리처드에게도 마음을 연다.

신이 아닌 이상 불완전한 소통과 오독은 어쩔 수 없다. 언어, 인종, 문화에서 오는 것이라기보다는 인간의 숙명이다. 인간세상에서 소통은 늘 비틀거린다. 〈바벨〉은 다른 사람의 생각과 마음을 100% 읽고 이해한다는 것은 환상<sub>판타지</sub>에 불과할 뿐이라고 말한다. 인간사이의 대화는 개인이든 집단이든 둘 사이에 권력이 작용하기 때문이다. 상대가 언어적, 비언어적 메시지를 보내기도 전에 우리는 미리 입력된 정보로 그 메시지의 진실성을 결정하고 받아들일지 말지를 결정한다. 아랍국가에 대한 미국의 왜곡된 시선은 우연한 총기사고를 테러로 오해했고, 아무리 설명하려 해도 어쩔 수 없었으며, 나름 최선을 다했다고 말해도 인종에 대한 편견이 진실을 외면한 채 아멜리아를 쫓아냈다.

〈바벨〉을 보면 한편으로는 인간 사이의 소통문제가 절망적이지만은 않다. '편견 없는 세상'이야말로 소통의 시작과 끝이 될 수 있다는 사실을 말 한마디 없고, 볼품없는 모로코 작은 마을의 한 할머니가 보여주었다. 그 할머니에게 인종, 종교, 국적은 아무 의미가 없다. 그녀 앞에는 오직 부상을 입고 사경을 헤매는 한 사람 <sub>수전</sub>이 있을 뿐이었다.

그녀에게서 나와 다른 사람을 있는 그대로를 인정하는 '관용'을 느꼈다면 우리도 스스로 타인과 다른 세상을 향한 소통의 문이 열린 셈이다. 인간이 바벨의 탑을 쌓지 못한 것은 야훼의 진노도, 언어의 차이 때문도 아니었다. 바로 우리 마음 때문이었다.

# 하루키 열풍,
# 부러워만 할 것인가

그의 소설이 나왔다하면 열풍이다. 2017년에도 『기사단장죽이기』가 여름 독서가를 휩쓸었다. 초판만 한꺼번에 3쇄 30만부를 찍었다. 지금도 꾸준히 팔리고 있어 〈1Q84〉보다 많은 국내 판매부수 200만부를 넘길 것으로 보인다. 『하루키村上春樹 열풍』은 물론 그의 나라인 일본에서 가장 거세다. 그러나 우리도 못지 않다. 출판사인 문학동네가 한국어 출판권을 따기 위해 무려 20억 원이 넘는 선先 인세를 준 것도 그만큼 장사가 된다는 얘기다.

하루키도 자신의 소설이 한국에서 얼마나 인기가 있는지 잘 알고 있다. 『기사단장 죽이기』의 국내 출간에 맞춰 그는 출판사를 통해 이메일로 "오랜 세월 제 책을 변함없이 열심히 읽어주신 한국 독자들에게는 늘 각별한 고마움을 느끼고 있다"고 감사해 했다. 입에 발린 인사가 아니다. 『상실의 시대』부터 2013년 『색채가 없는 다자키 쓰쿠루와 그가 순례를 떠난 해』까지 그의 소설은 나올 때마다 베스트셀러를 기록했다. 대중성뿐만 아니라 미국과 유럽에서까지 문학성을 인정받아 그는 해마다 노벨문학상 단골후보로 꼽힌다.

현실과 상상의 세계를 넘나들며 은유와 상징으로 이야기를 전개하는 그의 소설을 두고 사람들은 대중성과 작품성을 동시에 갖추고 있다고 말한다. 은유와 상징이야말로 그의 문학을 독자적인 세계로 자리매김하게 만들었다. 온갖 동물에서 상상의 세계, 보이지 않은 존재에 이르기까지 다양한 은유와 상징의 키워드들은 때론 〈1Q84〉처럼 난해하다는 소리를 듣지만, 하루키가 바라는 "읽는 사람마다 다르게, 되풀이 읽을 때마다 새롭고 재미있게 읽히는" 이유이다.

그의 문학세계를 곱게 보지 않은 사람들도 있다. 독창적인 세계를 구축하고는 있지만, 다분히 일본적 감상이며 다채로운 소재와 은유도 독자들의 물질적, 교양적, 지적 허영심을 자극하는 통속에 불과하다는 비판이다. 서양 독자들에게도 통할만한 매력적인 소재와 세련된 감각, 상징성을 가지고 있지만 그의 소설은 순수문학이 아닌 상업적 대중문화란 것이다.

일본과는 숙명적 과거의 고리를 가진 우리로서는 그가 소설

의 모티프로 집어넣는 역사와 현실에 대해 예민한 신경과 불만도 숨기지 않는다. 뉴욕타임스가 2005년 '올해의 책 10'에 선정한 『해변의 카프카』도 그랬다. 아시아 작가로는 처음 하루키에게 '프란츠 카프카상'을 안긴 이 소설에서 일본 국민 스스로 부끄러운 역사에 대한 기억은 지우고, 전쟁의 피해자로만 기억하려 했다는 지적이 좋은 예이다.

이런 비판을 의식했는지는 모르겠으나 『기사단장죽이기』에서는 1937년 일본군이 난징대학살에서 40만 명의 중국인을 학살했다고 서술했다. 중국이 주장하는 숫자보다 많다. 이를 두고 일본 우익이 반발하자 그는 "사람들이 말을 마치 돌멩이처럼 다루며 상대에게 던져대는데 이것은 매우 슬프고 위험천만한 일"이라면서 "역사에서 '순수한 흑백'을 가리는 판단은 있을 수 없다"고 했다. 그렇게 되면 말이 딱딱하게 굳어 죽어버린다는 것이다. 『상실의 시대』원제: 노르웨이의 숲에서 그가 쓴 서문을 떠올리게 한다.

작품에 따라 비판과 냉소가 엇갈림에도 불구하고, '하루키 열풍'은 계속되고 있다. 그가 말하는 '명백한 실재이고 현상'이다. 분명 독자들을 매료시킬만한 그 무엇이 있다는 얘기다. 때문에 오히려 하루키 현상, 순수문학과 대중문학의 경계선에 위치한 또 다른 일본 추리작가인 히가시노 게이고 열풍까지 보다 냉철하고 편견 없이 이해하는 것이야말로 한국문학의 저변을 넓히고, 한국문학을 세계 속에 더욱 확장시키는 길이다. 순수문학과 대중문학의 경계가 희미해진 시대에 굳이 그 둘 사이에 선을 긋는 일은 시대를 읽지 못하는 것이나 마찬가지다. 순수문학 본연의 품격을 지키고 대중의 건강한 오락욕구도 채워줄 수 있는 진정한 의미의 중간문학이 있다면 이를 애써 무시하고 외면하거나, '상업적'으로 치부하는 것은 온당치 못하다. 한국문학의 토양을 풍성하게 하는 데도 도움이 되지 않는다.

『기사단장죽이기』는 하루키 소설의 집대성이라고 할 만큼 그의 문학 특징과 세계가 모두 담겨있다. 현실과 관념의 세계가 아무런 경계 없이 뒤섞이고, 과거와 현재는 운명적으로 연결되고, 이성과 감정이 번갈아 이야기를 끌고 가고, 적당히 지성과 낭만을 드러내고, 일본적이면서 탈 일본적인 색채를 덧씌우면서 궁극적으로는 따뜻한 휴머니즘을 지향하고 있다. 하루키는 이를 비밀을 간직한 그림과 초상화를 그리는 화가와 주변인물, 이데아란 존재, 나치와 일본군, 날카로운 인간심리와 삶에 대한 통찰력, 끝없이 등장하는 음악과 섹스, 최고와 가장 대중적인 음식과 술을 통해 은유하고 서술한다.

그런 것들이 이야기를 끌고 가는 힘이며, 그의 소설을 읽는 사람들로 하여금 독특한 맛과 대리만족, 선망을 느끼게 해준다. 하루키는 "이야기란 머리로 생각해서 만들어낼 수 있는 게 아니라, 몸속에서 자연히 흘러나오는 것"이라고 했다. 그런 이야기만이 시간과 공간, 언어나 문화의 차이를 넘어 사람들의 마음을 물리적으로 움직이는 '선량한 힘'을 지녔다고 생각하기 때문이다. 그렇다면 그의 소설이야말로 단순한 지적 허영이나 기교가 아닌 깊은 내면화와 통찰력에서 나온 것이다.

하루키는 일본 땅을 딛고 있으면서도 국가와 민족, 시대와 지역의 경계를 넘어 마치 『기사단장죽이기』의 주인공처럼 통속적이면서도 순수한 모습으로 시대의 흐름을 타고 세계인들과 호흡하고 있다. 이를 부러워만 할 텐가. 한국문학도 언제든 가능하다. 작품에 보다 자유롭고 너그러우며, 그런 작가를 우리가 먼저 존중하고 아낀다면.

## 유쾌한 소설읽기

우울한 시대이다. 모두 살기 팍팍해 한숨을 쉬고, 일자리가 없는 청년들은 여전히 '미래'로 나아가지 못하고 있다. 정치가 무엇을 해준다는 믿음은 예외 없이 배신당한다. 한국 소설가가 아닌 것이 조금은 유감이지만, 그가 늘 반가운 것은 누구보다 우리의 불만과 한숨을 잘 알고 그것을 섬세한 이해와 따뜻한 사랑으로 쓰다듬고 녹여주기 때문이다. 일본의 오쿠다 히데오. 잡지편집자, 카피라이터, 방송구성작가 등의 다양한 직업을 거친 재치 있는 글 솜씨로 그는 현실을 날카롭고 섬세하고 파고들지만 그것을 풀어내는 방식이 기발하고 엉뚱하고 유머러스하다. 심각하다고 무조건 좋은 것은 아니다.

『공중그네』는 나오키상을 수상한 이듬해인 2005년 국내에 선을 보였다. 그러나 지금도 독서에 관한 글이나 강의를 할 때면 이 소설을 가장 먼저 권한다. "왜"라고 물으면, 자신 있게 말한다. "재미있으니까"라고. 10여 년 전이다. 이웃에서 고등학교 아이들 독서와 글쓰기 지도를 부탁했다. 마침 그들의 친구인 둘째 아들도 책은 읽지 않고 컴퓨터게임에만 열중해 한번 해보기로 했다. 지도라고 해야 별것 없었다. 책 읽고, 서로 생각을 말하고, 그것을 글로 간단히 써보는 것이었다.

그들에게는 공통점이 있었다. 책보다 영화를 더 좋아한다는 것, 그나마 만화는 가끔 읽지만 소설이나 다른 책은 싫어한다는 것, 내용이나 장르에 상관없이 길고 두꺼운 책은 거들떠보지도 않는다는 것. 당연히 첫날부터 모두 우거지상이었다. "또 공부야"가 얼굴에 쓰여 있었다. 어른들이라고 다를까. 알다시피 우리나라 성인의 독서량은 빈약하기 짝이 없다. 1년에 한 권도 안 읽는 사람이 무지기수다. 더구나 지금처럼 세상이 정신없이 요동치거나, 살기가 팍팍하고 침울할 때는 더욱 책을 멀리 한다. 현실이 소설이나 드라마보다 훨씬 심각하고, 책보다는 영화나 드라마의 판타지로 현실을 잠시 잊는 것이 편하니까. 그보다 근본적인 이유는 책에 있다. 정확히 말하면 책의 선택에 있다. '재미'없는 책을 억지로 읽으려 하기 때문이다. 오로지 더 잘 살고, 더 잘 벌고, 남보다 앞서고, 이기기 위한 목적만을 위한 책, 아니면 취향과 감성과 아무런 접점이 없는 명작이니 고전이니 하는 것에 매달리니 그게 어디 독서인가. 즐거움이 아니라 고통스러운 또 하나의 노동일뿐이다. 재미가 없으니, 좋아할 리 없고, 좋아하지 않으니, 즐거울 리 없다.

독서의 '재미'도 여러 가지이다. 희로애락의 자극일 수도 있고, 새로운 지식의 습득일 수도 있고, 역사와 현실의 깨달음일 수도 있고, 보편적 가치에 대한 소중함의 확인일 수도 있다. 재미를 찾는 길은 의외로 간단하다. 무조건 '재미'있고, '길지 않은' 책부터 읽는 것이다. 오쿠다 히데오의 소설이 제격이다. 그 재미가 기상천외한 캐릭터일 수도 있고, 엉뚱한 상황에 빠진 인간에 대한 연민일 수도 있고, 정신병에 대한 새로운 공감과 자각일 수도 있고, 잠재된 욕망의 대리발산일 수도 있다. 어느 것이든 상관없다.

『공중그네』의 유쾌함은 의사와 간호사는 물론 환자인 야쿠자, 서커스단원, 야구선수, 여류작가 모두 고정관념을 깨버리기 때문이다. 그것이 어이없는 상황들을 연출하지만 결국에는 상처를 치유하는 가장 인간적이고 아름다운 과정이다. 우리의 지방선거와 다를 바 없는 풍경을 코믹하면서도 날카롭게 풍자한 『면장선거』, 어느 직장에서나 있을 법한 회사원들의 고민과 이탈, 애환과 환상을 거침없는 웃음과 눈물로 드러낸 『마돈나』도 마찬가지다.

『남쪽으로 튀어』는 한국에서 영화로 만들었다. 싫다고 국가를 버리고, 사회제도와 문명으로부터 완전히 벗어나 살 수 없는 우리의 꿈을 대신해 주인공 우에하라는 무모한 도전을 한다. 정치인들이 멋대로 '국민의 의무'라고 정해 놓은 것을 거부하며 "난 오늘부터 국민 안 한다"면서 가족과 함께 남쪽 외딴섬으로 튄다. 그가 바

라는 것은 멋진 이탈도, 무정부주의의 성공도 아니다. 어설픈 도전과 그 과정에서 일어나는 코믹한 해프닝을 통해 크게는 국민을 위한다는 명분으로 인간을 옥죄는 국가와 정치, 법과 제도, 그것을 만들고 집행하는 사람들의 불합리와 탐욕, 이기주의와 비인간성의 고발이다. 진정 국민을

위한 나라는 없으니까. 그 방법이 오쿠다 히데오답다.

그런 그가 이번에는 고령화 사회의 일본 산골로 들어갔다. 6편으로 된 연작 『무코다 이발소』는 젊은이라고는 없는, 나날이 인구가 줄어들고 있는 쓸쓸하고 쇠락한 홋카이도의 산골 도마자와가 무대이지만, 강원도 어느 탄광촌으로 바꾸어도 어색하지 않다. 어느 날 갑자기 아버지의 이발소 가업을 잇겠다며 귀향한 스물세 살의 청년, 중국 처녀와 몰래 결혼해 놓고는 마을 사람들을 피해 다니는 노총각, 늙은 부모만 고향에 두고 도쿄에서 생활하는 중년 사내, 도시에서 호스티스를 생활을 하다 고향으로 내려와 술집을 차린 40대 여자, 한때 고향에서 최고로 성공한 인물로 꼽혔지만 사기꾼이 되어버린 청년의 이야기가 박태원의 『천변 풍경』처럼 따뜻하고 애잔하다.

예전과 조금 달라진 것이 있다면 유머가 요란하지 않다. 기발한 캐릭터나 엉뚱한 해프닝도 술집 여자와 그녀를 둘러싼 동네 남자들의 심리전을 빼면 별로 없다. 대신 등장인물 하나하나에 대한 인정과 사랑이 넘친다. 나이가 들면 사람도, 풍경도 그 자체로 충분히 아름답고, 유쾌하다는 것을 오쿠다 히데오도 예순을 바라보면서 깨달았기 때문일까. 그래서 더욱 우울한 날이면 동년배인 오쿠다 히데오의 소설이 읽고 싶어진다.

# '키덜트'도
# 문화다

문화와 오락은 시간의 산물이다. 영속성을 갖는다. 어릴 때 가졌던 문화적, 오락적 기억과 경험은 어른이 되어서도 남아있고, 되살아난다. 그것을 단순히 잠깐의 '추억'이라고 속단해서는 안 된다. 영국필름연구소BFI는 문화적 취향은 대략 14세 전후에 결정된다고 했다. 그 시절 어떤 문화예술을 접했느냐, 무엇을 가지고 놀았느냐가 곧 그 사람의 문화적 취향이 된다는 것이다.

키덜트. 아이kid와 어른adult의 합성어이다. 말 그대로 애어른이다. 여기에 문화가 붙었다. 어린 시절 즐기던 완구나 오락물을 어른이 되어서 찾아 즐긴다. 문화의 시간여행이다. 30, 40대가 유년기였던 1980, 90년대 가지고 놀던 완구를 다시 모으는 것으로 시작됐다. 일본 애니메이션의 캐릭터를 완구로 만든 기동전사건담 시리즈일본의 로봇 애니메이션, 선라이즈 제작의 프라모델이나 레고를 재수집하는 경우가 많았다. 유명 개그맨들도 즐기는 프라모델이나 레고가 그렇다.

그러나 점차 단순한 '수집' 차원에 머물지 않고 '그 시절'을 다시 당당하게 즐기는 문화로 성격이 바뀌고 있고, 그에 따른 시장도 커졌다. 전동 킥보드나 드론 같은 과거 자동조종 미니카나 킥보드를 연상시키면서, 첨단 테크놀로지를 반영한 새로운 변종들로 그 영역을 넓혀가고 있다.

지금은 거의 잊혀가고 있지만 몇 년 전 세계적 선풍을 일으킨 증강현실 게임인 '포켄몬 GO' 열풍 역시 키덜트 문화가 만들어낸 신드롬이었다. 어린이나 청소년들이 더 많이 즐길 것이라는 예상과 달리 20, 30대에서 빠르게 퍼져 나간 것만 봐도 알 수 있다. '포켓몬'이라는 캐릭터가 그들이 유년시절 즐겨봤던 애니메이션의 주인공이었다.

키덜트 문화에는 부정적인 시선이 있다. 일본 '오타쿠'의 어설픈 모방으로, 어른들의 철없고 유치한 취미이며, 심지어 피터팬 콤플렉스라고 조롱한다. '왜색 문화'란 비판도 한다. 우리나라에서는 '완구는 어린이 것'이라는 인식이 강하다. 그래서 철없는 어른이란 소리도 듣지만, 자신의 취향에 당당한 세대들은 거리낌이 없다. 키덜트 문화가 또 하나의 '문화'로 자리 잡은 원동력이다.

가파른 시장 성장세가 이를 말해주고 있다. 해마다 100% 이상 커지고 있다. 이미 시장규모가 1조원을 넘었다. 장기 경기침체의 완구시장에서 유일하게 성장세를 유지한 영역도 '키덜트'다. 아이러니하게도 해마다 어린이날에 아이들 완구가 아닌 키덜트 완구가 두 배 이상 늘어나는 현상을 보이고 있다. 국내에서 개최되는 캐릭터페어도 점차 많아지고, 커지고 있다. 관람객도 해마다 증가하는 추세다. 물론 대부분 성인들이다.

키덜트 문화는 단순히 별난 어른들의 추억과 수집에 그치는 것이 아니다. 저출산과 1인 가구의 증가, 제4차 산업혁명이 가져온 첨단기술과 맞물려 새로운 캐릭터와 게임, 완구산업의 성장동력이 될 수 있다. 키덜트 문화의 향유층이 경제활동이 가장 왕성한, 경제력을 가진 30, 40대 남성이란 사실도 간과할 수 없다. 이들이 자신의 행복을 가장 중시하고 소비하는 태도인 'yolo you only live once현상'과 맞물려 어린 시절 못다 누린 문화, 오락을 다시 찾고 있기 때문이다.

이들은 단순히 키덜트 상품을 추억과 향수로만, 완구로만 소비하는 것이 아니다. 일종의 가치소비를 지향한다. 상품 그 자체의 가치보다는 구입에 가치를 부여하고 고려한다. 자신에게 얼마나 큰 효용을 주는지와 함께 앞으로 시장에서의 가치 또한 중요시 여긴다. 아무리 고가라도 자신에게는 그보다 더 큰 가치가 있다면, 나아가 투자가치가 있다고 생각하면 서슴없이 구매한다. 한정판이 더 인기 있는 이유이기도 하다. 키덜트 문화는 부가가치도 높아 패스트푸드점의 마케팅, 편의점의 상품결합, 의류의 캐릭터 활용 등으로 다른 산업의 성장에도 촉매역할을 하고 있다.

물론 키덜트가 하나의 문화, 문화산업, 동반성장산업으로 자리 잡기 위해서는 가야할 길이 멀고, 해결해야 할 과제도 많다. 키덜트 상품을 일방적 문화상품으로만 보기 어려운 측면이 있기 때문이다. 대표적인 것이 전동 킥보드와 드론이다. 문화적 시각으로 보면 키덜트 상품이라고 할 수 있지만, 이용목적에 따라서는 전혀 다른 것이 될 수도 있다. 이용조건<sub>면허증, 신고</sub>과 제한<sub>사생활침해 금지</sub>을 두고 있는 것도 이 때문이다.

키덜트 완구의 경우 대부분 외국 제품이다. 출발인 유년시절의 완구가 대부분 일본 애니메이션 캐릭터여서 그렇기도 하지만, 제4차 산업혁명과 결합한 첨단테크놀로지 상품까지도 국내 것은 드물다. 때문에 터무니없이 고가인 상품도 있다. 그것이 '키덜트 문화는 사치'란 인식으로 이어지게 만든다.

키덜트 문화는 분명히 다양한 아이디어와 기술 변형으로 오락의 영역 확대와 침체된 완구 시장에 활력을 불어넣을 수 있다. 그러자면 몇 가지 전제 조건이 필요하다. 먼저 국민의 의식변화이다. 키덜트 문화를 또 하나의 문화로 봐야 하고. 그것을 즐기는 사람들은 새로운 기술 결합에 따른 규정을 지키는 자세로 이미지를 악화시키지 말아야 한다.

제품의 안전 문제와 이에 따른 대책도 더 꼼꼼히 따지고 마련해야 한다. 무분별한 해외 직구로 국내 소비자들이 피해를 보거나, 제품의 불량과 결함으로 크고 작은 사고가 이어지는 것을 무심히 지나쳐서는 안 된다. 밀수나 불법 유통제품은 정품이라는 안정성을 보장할 수 없다. 아울러 키덜트 문화상품이 제4차 산업혁명과 관련이 있는 만큼 국산화도 서둘러야 한다.

키덜트 문화가 어디에서 왔건, 어떤 이유로 생겼던 하나의 당당한 문화로 자리 잡았다. 단순한 수집 문화가 아닌 하나의 현상인 동시에 다른 분야와의 융합을 통한 하나의 산업으로 발전할 수 있는 잠재력을 가지고 있다. 3D 프린팅 기술을 활용해 보다 정교하고 생동감 있는 인체 표현의 캐릭터 피규어 제작이 좋은 예다.

키덜트 문화는 더 이상 일본만이 가지고 있는 특이하고 괴상한 어른들의 취미가 아니다. 하나의 산업으로까지 발전했다. 일본은 그것으로 이미 세계 시장을 선점했다. 성인들의 유년시절의 추억을 되살려 주는 캐릭터들과 그것을 변형한 다양한 완구, 최첨단 ICT 기술과의 결합을 통한 새로운 게임이나 상품개발 덕분이다. 우리도 놓치지 말아야 한다. 우리에게도 '키덜트 문화'가 있으니까.

## 함부로 버리지 마라

두 아들이 어렸을 때, 참 많은 장난감을 사다 날랐다. 어린이날이면 어김없이 레고나 로봇장난감이 선물 목록이었고, 해외출장이라도 가면 국내에 방영된 애니메이션이나 출판된 만화의 주인공 로봇을 사왔다.

1990년대 태어난 아이들은 어느 집이나 할 것 없이 그렇게 풍성한 장난감의 유년시절을 보냈다. 그리고 20년이 지난 지금, 그들은 고용절벽 앞에서 절망하고 포기하고 방황하는 가장 가난한 세대가 됐다. 어쩌면 그 때문에 유년시절의 그 시간들이 더 그립고, 다시 한 번 돌아가고 싶은지 모른다. 그 마음이 '키덜트 문화'의 또 하나의 모습은 아닌지. 아이들이 커가면서, 이리저리 이사를 다니면서 참 많은 것을 무심히, 무참히 버렸다. 책도 있고, 장

'키덜트'도 문화다

난감도 많았다. 아이들의 시간은 빠르게 지나갔고, 추억이 머무를 틈도 없어 보였다. 청년이 된 아들이 어느 날, 집안 구석구석을 뒤졌다. 혹시나 있을지 모르는 범선이나 중세 유럽의 성城 같은 초기 레고나 일본에서 산 '유희왕' 만화카드, 그리고 피규어들.

있을 리 없다. 언제, 어디서 누가 버렸는지도 모른다. 아들은 "그게 지금 몇 십만 원, 심지어 몇 백만 원이나 한다"며 아쉬워한다. 그 아쉬움에는 추억이 묻어있다. 그런들 어쩌랴. 이미 사라지고 없는 것을.

지금도 철마다, 해마다 구석에 쌓여 짐만 되는 이 것 저 것을 버린다. 모으기보다 버리면서 살아야할 나이이기 때문이다. 함부로 버리지 마라. 낡았다고, 내 것 아니라고. 그것이 누군가에게는 소중한 '문화'다.

# 재즈,
# 한국에 있다

　뮤지컬영화 〈라라랜드〉에서 남자주인공 세바스찬의 꿈은 재즈를 마음껏 연주하고, 즐기는 연주장<sup>재즈바</sup>을 만드는 것이다. 100년 전 미국 뉴올리언스 흑인들을 중심으로 시작해 한 시대를 풍미한 자유와 즉흥, 독창적 스타일과 깊은 울림을 상징하는 재즈의 매력을 그는 이렇게 정의한다. "그냥 듣는 음악이 아니다. 연주자들의 치열한 충돌과 타협, 그리고 그들의 열정을 보고 듣는다."

　좁은 장소에 넘쳐나는 사람들, 연주자와 연주자, 연주자와 관객이 음악과 춤과 노래로 어우러지는 생활 속의 음악인 재즈가 "죽어가고 있다", "싹이 마르고 있다"고 안타까워한 그는 "내라도 지킨다"면서 사랑까지 포기하고 재즈 바를 연다. 볼을 불룩하게 하면서 트럼펫을 부는 루이 암스트롱과 그의 명곡 'What A Wonderful World', 재즈의 모든 제약을 탈피한 이른바 '모던재즈'로 역사의 한 획을 그은 찰리 파커와 그의 알토색소폰 연주. 재즈에 문외한도 한번쯤은 이들의 이름과 얼굴, 노래는 보고 들었을 것이다.

영화에서지만 세바스찬은 그들을 다시 불러내고 싶었다. 그런 꿈, 낭만을 비웃는 사람들에게 세바스찬을 반문한다. "왜 사람들은 낭만적이란 말을 나쁜 것처럼 쓰냐"고. 그의 걱정 및 불만과 달리 재즈는 죽지도 싹이 마르지도 않았다. 재즈의 낭만을 아무도 바보스럽거나 나쁘다고 하지 않는다. 대한한국에서도 재즈는 살아있고, 전설적인 아티스트들이 한자리에 모여 역사를 쓰고, 사람들은 열광한다. 해마다 서울 재즈페스티벌에서 세계 최고의 아티스트들이 무대에 올라 "Jazz Up Your Soul!"을 외친지 10년이 넘었다.

재즈 역사가 길지 않은 한국이라고 무시해서는 안 된다. 팻 메시니, 칙 코리아, 허비 행콕, 조지 벤슨, 데미안 라이스, 마크 론슨 등의 최정상급 재즈 아티스트들이 이미 다녀갔다. 그래미상 5회 수상에 빛나는 살아있는 최고의 재즈 보컬 디바, 명 음반 '블루노트'의 대표가수인 다이안 리브스, 베이스 주자로 그래미 수상 4관왕에 40여 개가 넘는 앨범을 발매한 '살아있는 재즈 전설'인 스탠리 클락, 라틴 재즈음악의 역사이자 피아노의 거장인 아르투로 오 파릴도 자신의 끼와 흥을 마음껏 과시했다. 그들에게 한국은 거대한 재즈 바였다. 재즈의 전통과 매력, 새로운 스타일을 간직하고 추구하는 국내 재즈 아티스트들도 많아졌다. 매력적인 음

출처: 서울재즈페스티벌 공식홈페이지

색과 세련된 멜로디의 존 박, 달콤한 감성의 어쿠스틱 밴드인 스
탠딩 에그, 뉴욕 필하모닉 오케스트라 주최 아티스트 콩쿠르 역
대 최연소[열 살] 우승자인 한류 피아니스트 지용, '기타를 품은 음유
시인'인 루시드 폴. 그러니 〈라라랜드〉의 세바스찬이여, 옛것이,
재즈가 점점 사라지고 있다고 걱정하지 말라. 속상해하거나 애면
글면 하지도 말라. 영화가 아니라 현실에서, 동양의 작은 나라 대
한민국에서 '재즈는 살아있다"는 것을 확인할 수 있으니. 삶처럼
음악도 한 곳, 한순간에만 머물지 않는다. 언제, 어디에나 음악은
있다. 사람 사는 곳이면.

# 향교,
# 살아있다

향교鄕校. 고려와 조선시대의 유학을 교육하기 위하여 지방에
설립한 국립고등학교다. 각 지방관청에서 관리하고, 운영을 위해
땅학전도 주었다.

교육기능만 있었던 것이 아니다. 향교는 문화, 특히 유교문화
의 중심이었다. 공자를 모시는 석전례는 물론, 사직제 · 기우제
등도 지냈다. 정치적 성향도 가지고 있었다. 그곳에서 유학교육
을 받은 사람만 성균관에 입학할 수 있었고, 나중에 문과시험을
통과해 중앙 정치권에 진입할 수 있었다.

시대에 따라 기능과 역할, 중요도도 달랐지만, 향교는 유교국
가인 조선의 지방교육과 정신문화를 이끌었고, 사회공동체의 구
심점 역할을 했다. 옛 교육제도를 자랑하는 일본도 우리 마을의
서당과 지방관아의 향교를 보고는 주눅이 든다.

유교를 정신문화의 축으로 삼은 조선에 향교가 제대로 설치된

것은 2대 태종 때. 무려 360개였다. 아버지 태조의 교육, 정신문화정책을 이어받은 그는 향교에서의 교육성과를 수령의 평가 기준으로 삼기까지 했다. 조선 후기에는 기능이 약화되어 사립인 서원에 자리를 내주기도 했지만. 조선시대 교육과 지방인재 양성, 대동정신의 함양과 풍속風俗의 교화敎化 등 유교이념에 입각한 이상사회 건설의 굳건한 토대였다.

그런 향교를 일제가 그냥 둘 리가 없었다. 1910년 강제합병 직후, 교육기관 자격을 박탈하고, 문묘에 제사를 지내는 기능만 허용하면서 이름만 남아있게 했다. 그러나 향교는 결코 죽지 않았다. 광복과 더불어 다시 살아났다. 단순한 과거 유물로서 남아있지 않고 민족정신과 문화의 중심으로 지역사회의 교화와 화합을 이끌고 있다. 나아가 청소년들의 인성과 예의, 고전과 정신교육의 현장이다.

그런 향교가 지금은 몇 개일까. 234개이다. 조선시대만큼은 아니지만, 적지 않은 숫자이다. 성균관大學과 함께 향교를 되살린 것은 시대가 아무리 변해도 유교의 정신과 가치를 이어가려는 유림들이었다. 광복이 되자 심산 김창숙 선생을 필두로 성균관 유도회를 창립했고, 향교 부활에 앞장섰다. 군사정권에 의해 한때 해체의 비극을 맞기도 했지만 향교를 통해 전통문화 발전, 충효사상 선양, 예의생활 실천에 앞장섰다.

우리나라에 아직도 유림이 있나요? 이렇게 반문하는 사람들이 있다. 홍콩 느와르영화인 〈영웅본색〉에서 주인공은 "강호의 의리가 땅에 떨어졌다"고 개탄했듯, 유림의 도도 오래 전에 그렇게 된 것 아니냐는 조롱과 탄식이다. 공자도 '수신제가치국평천하修身齊家治國平天下'라고 했다. 누구보다 앞서 유림들 스스로 수기치인修己治人하고, 인仁을 실천하는 어른이 되지 않으면 유교는 한낱 유물일 뿐이다.

　유교의 지나친 형식주의, 시대착오적인 현실 인식에 부정적인 시각도 있다. 정신적 사대주의라고 비판하는 사람도 있다. 그러나 '달은 안 보고 손가락만 보는 것' 일수도 있다. '인의예지仁義禮智'야말로 물질만능주의, 극단적 이기주의, 세대와 계층 갈등을 극복하는 소중한 우리의 정신문화임에는 틀림없다. 우리사회가 보다 행복한 공동체, 유교의 궁극적인 목표인 대동사회로 나아가려면 인간의 가장 보편적이고 아름다운 정신과 덕행을 잃지 말아야 할 것이다. 문화도 마찬가지다.

　맑고 맑은 정신이 들어있지 않은 문화, 올바르고 선한 가치를 담지 않은 포장만 요란한 문화는 삶을 풍요롭게 하기보다 공허하고 피폐하게 만든다. 우리에게는 다행스럽게도 유교의 정신문화가 있고, 그것을 이어가려는 유림과 향교가 아직 살아있다. 전국 향교에서 아이들이 뜻도 잘 모르면서 소학을 읽는 소리. 물질보다는 정신적 풍요로움, '내'가 아닌 '우리'도 어쩌면 여기서부터 시작하는 것인지 모른다.

## 우리에게는 '동국 18현'이 있다

문묘. 공자의 위패를 모신 사당이다. 서울 성균관대 성균관 대
성전에 있다. 4대 성인인 안자, 증자, 자사, 맹자와 자공, 자로 등
공자의 뛰어난 제자 10명, 정호와 주자를 비롯한 송나라 대표적
유학자 6명의 위패를 모신 사당이다. 그들만 있다면 문묘는 그저
남의 것이다. 그러나 거기에는 우리 선조 18명도 있다. 동방 18
현. 우리의 자랑스러운 지성들이다.

'동국 18현'이 모두 누구인지, 어떤 학문적 업적이 있는지, 성

균관에 그들의 위패가 왜 모셔져 있는지 모르는 사람들이 많다. 역사적으로 너무나 잘 알려진 인물도 있지만, 벼슬과 출세를 마다하고 학문에만 전념해 스스로 이름을 드러내지 않은 당대 석학들도 있다. 그래서 '더 유명하고 뛰어난 학자들도 많은데 어떻게 이런 인물이 18현이지' 하고 의아할 수도 있다.

현인賢人은 권력, 가문, 벼슬로 자격을 얻는 것은 아니다. 학식과 덕망이 뛰어나고, 학자로서 후세에 존경을 받고, 학문적 업적이 역사에 길이 남을 만큼 크고 높아야 한다. 그래서 "정승 열 명이 대제학 한 명에 미치지 못하고, 대제학 열 명이 문묘의 현인한 명에 미치지 못한다"는 옛말이 있는 것이다.

'동국 18현'은 조선의 왕들이 주로 정했다. 그렇다고 모두 조선의 유학자들은 아니다. 신라시대, 고려시대의 뛰어난 학자들에게도 '현인賢人'이란 칭호를 붙이고, 그들의 학문과 사상을 본받으려 했다. 설총과 최치원, 안유와 정몽주가 그 주인공들이다.

조선에서는 김굉필 · 정여창 · 조광조 · 이언적 · 이황 · 김인후 · 이이 · 성혼 · 김장생 · 조헌 · 김집 · 송시열 · 송준길 · 박세채다. 이들 중 특히나 학문적 도량이 깊은 이황 · 조광조 · 이언적 · 정여창 · 김굉필을 '동방의 5현'이라고도 부른다. 중요한 것은 누가 더 잘났느냐, 유명하냐가 아니다.

　　나름대로 모두 뛰어난 재능과 열정으로 독창적인 학문세계를 구축했고, 학자와 선비로서 양심과 청렴을 실천했다. 그래서 화려한 삶보다는 불우한 일생을 보낸 사람들이 많다. 사화나 정변에 휘말려 목숨을 잃거나, 초야에 묻혀 제대로 알려지지 않은 이들도 있다. 상대적으로 그들의 저서, 기록들도 소개가 적고 많이 읽혀지지 않았다. 정조가 문묘에 배향하여 '동국 18현'이 된 16세기의 큰 선비인 하서 김인후1510~1560도 그런 인물이다.

　　이황과 더불어 당대 성리학계를 이끌었던 그는 천문·지리·의학·산수에도 능통했다. 문장도 뛰어나 그가 남긴 1,600여편의 한시는 당·송시대의 명시들과 견줄만하다. 학문만큼이나 효와 충, 지조와 절개도 강해 과거에 급제하자마자 자신의 안위를 돌보지 않고 기묘사화로 억울하게 죽은 조광조의 복권을 주장하면서 역사를 바로 세우려 했다.

　　송시열이 그의 학문과 삶을 이렇게 말했다. "이 나라의 큰 선비들은 도학, 절의, 문장에서 저마다 등급의 차이가 있었다. 이 셋을 다 지니면서도 어느 한쪽에 치우치지 않은 이는 거의 없었다. 그런데 하늘이 우리 동방을 아끼시어 하서 김 선생을 내셨도다. 그분만이 이 셋을 모두 갖추셨다"백승종의 '조선의 아버지들'에서

　　부자父子가 18현에 나란히 들어간 경우는 김장생1548~1631과 김집1574~1656이 유일하다. 이이의 제자인 김장생은 조선의 예학을 세

웠고 문하에 송시열을 두었다. 그의 '예학은 임금이든, 신하든, 백성이든 같아야 한다'는 천하동례로 임진왜란과 병자호란으로 인해 무너진 정치와 사회질서를 바로 세우려는 실천학문이었다.

김집은 아버지를 도와 당시 선비들의 필독서가 된 〈의례문해〉·〈상례비요〉 편찬에 정성을 다했다. 우리말로 번역된 김장생의 전서 9권을 읽어보면 후손들이 허례허식으로 그의 예학을 얼마나 변질시켰는지 알 수 있다.

조헌1544~1592은 우리에게 의병장으로 먼저 다가온다. 1591년 일본 사신이 오자 그는 옥천에서 상경해 그들의 처단을 상고하고, 일본침략에 대비한 군사력 강화를 주장했다. 이듬해에 임진왜란이 일어나자 옥천에서 의병 1,700여 명을 규합해서는 승병들과 함께 청주를 수복했고, 관군의 방해에 개의치 않고 의병 700명과 금산전투에 참가해 장렬하게 전사했다. 의병장이기에 앞서 그는 이이의 '기발이승일도설'을 지지하고, 발전시킨 강직한 학자이자 관리였다. 선조가 절에 향을 하사하는 것을 반대하다 교서관정자직을 박탈당하고, 통진 현감 때는 죄인을 엄중히 다스려 탄핵을 받고 유배되기도 했다. 여기서 그치지 않고 공주 제독관으로 있을 때는 실권을 잡은 동인이 이이·성혼에게 죄를 추궁하려 하자 반대상소를 올리고는 고향으로 돌아가 버렸다.

'동국 18현'의 맨 끝자리를 차지한, 이름조차 생소한 박세채1631~1695 역시 노론의 거두 송시열과 교류할 만큼 학문이 높은 선비였다.

성리학에 대한 그의 다양성과 깊이는 〈범학전편〉·〈시경요의〉·
〈춘추보편〉·〈심경요해〉·〈학법총설〉·〈육례의집〉·〈양명학변〉
등 방대한 저서와 70여건의 문집이 증명하고 있다.

　이들의 사상과 학문의 세계를 알고, 삶을 들여다보고 본받는 것
이야말로 우리의 정신문화를 살찌우는 길이다. 이순신처럼 목숨
바쳐 나라를 구한 '영웅'은 아닐지 모르지만, 물질문명과 이기주
의로 물든 이 시대 우리 삶의 소중한 정신적 좌표가 될 수 있기
때문이다. 그럼에도 불구하고 우리는 18현조차 잘 모르고 있거
나, 무관심하거나, 과소평가하는 것은 아닐까. 제대로 번역하지
않아 그들이 남긴 저서들조차 온전히 만나지도 못하고 있으니.

# 재생문화공간,
# 도시에 생명 불어넣기

도시도 수명이 있다. 세월을 따라 낡아가고, 그렇게 늙어버린 도시의 공간들은 사람들이 찾지 않는다. 사람이 모여들어야 도시다. 도시는 사람들이 함께 살기 위한 공간이며, 사람들과 함께 나고 자란다. 인간과 운명을 같이 한다는 점에서 도시는 살아 있는 생명체이다. 도시도 끝없이 호흡하고, 인간과 공존하기 위해 노력해야 한다. 숨이 멈추고, 인간과 멀어진 도시는 한낱 흉측한 구조물일 뿐이다. 사람이 도시를 만들었듯이, 흉물이 된 거대한 괴물에 새로운 생명을 불어넣는 것 역시 사람이다. 죽어가는 도시의 공간들을 찾아 숨결을 불어넣는 것, 바로 '도시재생Urban Regeneration'이다.

숨 가쁘게 달려온 산업화와 도시화가 남긴 삭막한 공간들, 새로운 기술과 삶의 변화로 더 이상 수명을 이어가지 못한 도시의 공간들이 문화와 예술, 자연의 옷으로 갈아입으면서 새롭게 태어난다. 흉측하고 낡아 버려진 공간에서 사람들이 어울려 호흡하는 생동감 넘치는 '마당'인 도시재생 문화공간들에는 즐거움이 넘친다. 도시의 공간들도 시대에 따라 모습과 역할이 변할 수밖에 없다. 산업화시대의 핵심이었던 곳도 마찬가지다. 자본과 기술력과 노동력이 만들어낸 도시들이 한때 풍요를 누렸지만 새로운 문명과 기술, 기능 앞에서 병들고 버려졌다. '도시재생'은 건강한 도시와 인간의 공존을 위한 운명의 선택이다.

길은 두 갈래다. 하나는 자연으로 되돌리는 것이고, 다른 하나는 '놀이'가 어우러지는 것이다. 공원과 녹지가 자연으로 돌아가는 것이라면, 문화가 있는 공간으로의 탈바꿈은 일터와 놀이터의 공존이다. 도시는 생산과 소비만을 위한 밀집의 공간이 아닌 사람들의 삶의 터전이기에 놀이가 있는 터가 되어야 한다. 한때 전기와 전자상품의 메카였던 서울의 세운상가처럼 발상만 전환하면 얼마든지 가능하다. 용산전자상가와 테크노마트에 역할을 뺏기면서 자칫 거대한 회색 괴물이 될 운명이었던 세운상가는 반세기 만에 도심의 '걸으면서 쇼핑과 문화를 즐기는 공간'으로 다시 태어났다. 건물과 건물을 이은 공중 길은 종묘와 남산을 이어주고, 옛 상가는 수리 장인들과 젊은이들의 재생과 첨단과 창의의 복합공간이 되었다.

기름탱크와 폐공장, 쓰레기 처리장으로 사람들의 발길이 끊어져 10년 동안 죽은 공간이었던 마포의 석유비축기지도 예술가와

세운상가 홍보포스터

기업, 주민의 손길로 문화비축기지가 됐다. 버려진 가스공장을
공연장, 예술공방, 문화복합공간, 카페로 바꾸고, 꾸몄다. 비축기
지의 오일탱크는 여섯 개의 문화탱크로 옷을 갈아입었고, 빈 공
터는 예술시장과 즐거움 가득한 축제마당이 되었다.

네덜란드의 '베스터 하스 파브리크'처럼. 서울만이 아니다. 버
려졌던 부천의 쓰레기 소각장은 이미 2014년에 아트벙커B39가 됐
다. 재생이라고 옛 얼굴까지 완전히 지워버리는 것은 아니다. 공

간의 정체성과 역사성을 살리면서 창의적이고 독창적인 모습으로의 탈바꿈한다. 북 라운지에는 15년의 소각장 역사와 문화재생의 자료가 남아있고, 버리지 않고 남겨놓은 소각장 일부는 투어 프로그램과 영화 촬영의 귀중한 무대이다.

부산에 가면 45년 동안 와이어를 생산하다 멈춰버린 공장이 녹을 털어내고 F1963F는 팩토리, 1963은 공장이 지어진 해란 이름의 독창적 문화공간으로 태어났다. 아트벙커B39처럼 본래 모습을 완전히 지워버린 '재생'이 아닌 자신의 역사와 냄새를 살렸다. '철'의 공간으로서의 시간과 기억을 남겨놓았다. 그 시간 위에서 전시회와 연극, 음악 공연이 펼쳐지고, 먹거리가 차려지고, 책과 커피 향기가 함께 한다. 공간의 역사와 예술의 흥겨움, 대나무 숲과 자연생태공원에서의 사색과 낭만으로 도시와 사람은 '하나'가 된다.

도시재생은 낡은 것들을 헐어버리고, 더 높고 크고 새로운 것을 짓는 것이 아니다. 그건 재생이 아닌 경제·산업적 기능과 가치만을 추구하는 또 다른 황폐일 뿐이며, 도시 스스로 인간을 점점 소외시키는 일이다. 삶과 문화로 사람들이 모이고, 그 사람들이 관계를 맺으면서 소통하고 공감하는 공간으로서 살아 숨 쉴 때 도시는 생명을 되찾는다. 그 생명의 회복이야말로 공간의 진정한 가치이며 도시와 사람, 기업과 사회, 자연과 문화가 함께 커가는 '새로운 길'이다.

# Mind:

# 03

# 마음

# Culture:

# '희망가'는
# 묻는다

〈희망가〉는 묻는다. '이 풍진 세상을 만났으니, 너의 희망이 무엇이냐'고. 흙먼지 휘날리는 어지러운 세상, 티끌처럼 허망한 인생에 '부귀와 영화를 누렸으면 희망이 족할까'하고 '푸른 하늘 밝은 달 아래 곰곰이 생각하니, 세상만사가 춘몽 중에 또다시 꿈같구나.'

우리의 첫 대중가요는 이렇게 혼탁한 세상과 일장춘몽인 인생에 대한 자조적이고 애잔한 타령이다. 1923년쯤부터 부르기 시작했고, 가수 겸 배우인 전영록의 고모부이자 최초 음반취입 가수인 채규엽이 불러 히트시킨 '구전가요' 같은 느낌의 노래다. 미국 찬송가 〈우리가 집으로 돌아올 때〉란 말도 있고, 1910년 1월 배가 뒤집혀 꽃다운 나이에 목숨을 잃은 12명의 여중생의 넋을 위로하기 위해 그 여학교 교사가 가사를 짓고 학생들이 불러 당시 일본에서 널리 유행했다는 진혼곡 〈새하얀 후지산 기슭〉에서 가져왔다는 이야기도 있다.

작사자는 알 길이 없으나, 추측컨대 그는 시인이나 아니면 당대 지식인이었을 것이다. 압축적인 사자성어와 공감각적인 시어들의 느낌으로 깊고 철학적이다. 그도 암울한 세상과 고달픈 삶, 나라 잃은 설움에 좌절하고 허탈했을 것이다. 희망 잃은 세상에서의 부귀영화, 담소화락, 주색잡기도 한낱 '봄날의 꿈'이었을 것이다. 그래서 '세상만사를 잊었으면 희망이 족할까'라고 자조했다. 음울한 시대 정서, 불교적 인생관을 바탕으로 이 노래가 〈탕자자탄가〉, 〈청년경계가〉 등 여러 제목으로 불린 것을 보면 많은 사람들의 마음을 울린 것만은 분명하다.


1970년대 이문구가 가사의 첫 구절인 '이 풍진 세상을' 소설 제목으로 붙여 졸부의 시대착오적 탐욕을 풍자한 〈희망가〉는 역설이다. 삶에 희망을 묻지만, 그 답은 환희와 기쁨이 아니라, 체념과 허무와 망각이다. 3.1운동의 실패로 조국 독립의 꿈이 좌절된 우리 국민들의 절망과 허탈한 심정의 표현이리라. 어쩌면 그 체념과 비움에서 위안을 찾으려 했는지 모른다.

때론 유행가도 한 시대의 풍미로 끝나지 않고, 사람들에 의해 오랜 세월을 이어가기도 한다. 세상사가 늘 새로운 것만은 아니며, 시대와 장소를 바꿔도 삶의 애환이 되풀이되기 때문이다. '세월호 참사'는 100여 년 전의 일본 카마쿠라 여학생들 비극과 그들의 영혼을 위로하는 〈희망가〉를 떠올리게 했다.

삶이 어느 때보다 팍팍한 요즘, 희망이 갈수록 아득하기만 해지면서 드라마와 영화도, 젊은이들도 이따금 〈희망가〉를 부른다. 우리에게 희망은 악착같이 집착하고 누림으로써 채울 수도 있지만, 스스로 낮추고 버림으로써 채울 수 있다고 스스로를 위안한다.

이렇게 유행가는 시대에 따라, 부르는 사람과 듣는 사람에 따라 새로운 의미로 다가간다. 언론인 임철순은 그의 수필집에서 '노래도 늙는구나'라고 했다. 삶에서 우려낸 노래는 다른 사람들의 삶까지 담고, 세월과 함께 나이를 먹는다는 것이다. 젊은 시절에는 듣지도 부르지도 않던 노래, 유치하고 고리타분해 보이던 가사도 어느 때부터인가는 인연과 의미가 되고, 가슴 속 깊이 들어와 위안이 된다. 부질없는 욕심과 번뇌를 버리고 감사와 평안으로 나아가게 한다. 다소 퇴폐적이면 어떻고, 궁상스러우면 어때랴. 노래의 힘이다.

## '부디, 이 음악이…'

2014년 4월 16일의 '세월호 침몰'이 〈희망가〉를 떠올리게 했다. 이 노래가 〈새하얀 후지산 기슭〉에서 왔다는 이야기 때문이다. 1910년 1월 23일, 일본 후지산으로 수학여행을 가던 여고생 12명이 배가 뒤집혀 목숨을 잃는 참사가 일어나자, 여교사인 미스미 스즈코가 가사를 붙여 그들의 넋을 위로한 노래다.

군국주의의 서슬이 시퍼렇던 시대, 국가 앞에서 개인의 생명은 하찮던 잔인한 시대에도 누군가 이런 노래를 지었고, 언론이 앞장서 알렸고, 정부도 기꺼이 국민과 그 노래를 함께 부르며 애도의 눈물을 흘렸는데, 1세기가 지난 민주국가 대한민국에서, 그 수십 배가 넘는 아이들의 희생 앞에서 어떤 모습이었나.

참사가 일어나고 일주일이 지난 4월 23일 새벽 작곡가 윤일상이 잔잔한 피아노 선율의 진혼곡 〈부디, 그곳에선 행복하길〉를 만들어 자신의 트위터에 올렸다. "작업을 하려해도 자꾸만 아이들이 마지막까지 매달렸을 절박할 순간이 떠올라 힘들었습니다. 부디, 이 음악이 마지막 가는 길에 작은 동반자가 될 수 있었으면 좋겠습니다. 해 줄 수 있는 게 이것밖에 없어서 미안합니다"라는 글과 함께. 이 곡을 듣고 많은 사람들이 눈물을 흘렸지만, 공식적으로 연주되거나 틀지 않았다. 지금이라도 여교사인 미스미 스즈코처럼 이 연주곡에 누군가 진혼의 가사를 붙여준다면 국민 모두가 306명의 넋을 기억하면서 이따금 부를텐데.

## 내가 부른 '희망가'

암 투병으로 만신창이가 된 아내가 벼랑 끝 심정으로 선택한 곳은 충청북도 청주 외곽에 자리잡은 '성모꽃마을'이었다. 가톨릭에서 운영하는 치유센터라고 했지만, 처음에는 정확히 어떤 곳인지 몰랐다. 그런 낯설고 외딴 곳에 아내를 내려주고는 발길을 돌리지 못해 한참을 차 안에서 울었다. '이렇게 버리고 가는 것은 아닌가' 하는 죄책감과 부끄러움 때문이었다. 차를 몰고 혼자 집으로 돌아오면서 자신도 모르게 읊조린 "이 풍진 세상을 만났으니…"

왜 수많은 노래 중에서 〈희망가〉였는지 정확히 알 길은 없다. 갑자기 벼랑 끝에 선 삶 앞에서, 다만 가장 원초적 본능인 '생존' 앞에서 몸부림치는 아내, 그 불안과 고통의 시간을 지켜보고 함께 하면서, 이전과는 전혀 다른 '희망'을 갈구했는지도 모른다. 세상만사가 춘몽 같고, 부귀영화가 부질없다는 노랫말이 문뜩 떠올랐는지도 모른다. 그곳에서의 요양과 신앙으로 건강이 좋아진 아내는 이후에도 몇 번 다시 찾아 머물곤 했다. 그때마다 혼자 돌아오는 길에서의 애청곡, 애창곡은 〈희망가〉였다. 마음이 편안했다. 갑자기 바뀌어버린 삶에 대한 억울함도, 우울함도 눈물과 함께 녹아내렸다.

나에게 나훈아의 노래는 깊은 울림이었고, 허공을 향해 소리치는 장사익의 노래는 해탈이었다. 이선희가 어느 TV프로그램에 나와 부른 〈희망가〉는 명상이었다. 직접 작은 목소리로 부르면 초로의 삶에 진정한 희망이 무엇인지 어렴풋이 떠오른다. 그리고 보면 나에게 〈희망가〉는 허무나 포기, 절망의 노래가 아니다. 부질없는 욕심을 내려놓고, 온갖 번뇌를 잊음으로써 오히려 평화와 평안으로 나아가게 한다.

아내가 활력을 되찾고 나서 1년 만에 다시 찾은 그곳에서 요양하는 사람들과 그들의 가족과 어울려 성탄축제를 열었다. 조금만 움직여도 금방 숨이 차서 자리에 앉아 쉬어야 하는 몸이지만 그들은 함께 기도하고, 춤추고, 노래했다. 새해에는 건강한 생명으로 다시 살아가기를 염원했다. 그 시간만이라도 '불안'을 떨쳐버리고 싶었다. 하루하루 생명의 끈을 붙잡고 있는 이들에게 이보다 더 소중하고 간절한 '소망'이 있을까.

그러나 이렇게 떠들썩하고 신나할 수록 그들의 가슴 한구석은 텅 비어가고, 삶에 대한 애잔함이 마음을 아프게 하고 있다는 느낌. 그들을 위해 나를 위해 마지막에 계획에 없던 노래 〈희망가〉를 성모꽃마을과의 인연을 이야기하면서 자청해서 불렀다. 다른 사람들은 물론 아내 앞에서 처음이었다.

조명도 어두운데다 눈까지 감고 부르느라 보지도 듣지도 못했다. 모두가 눈물을 훔치면서 일어나 함께 손을 흔들며 합창한 것을. 그들이 다가와 말했다. "감동적이었다"고, "내 마음과 같았다"고. 암환자 가족으로서 흔한 경험 한마디였고, 음치수준을 겨우 벗어난 노래였음에도 불구하고 그들은 잠시나마 거기에서 '자신'의 마음을 발견했을 것이다. 비슷한 시간 위를 걸어온 나와 아내가 그랬듯이, 그들 역시 이 노래가 '힐링'이 된 것은 아니었을까.

## 지금은 희망, 있습니까?

상실의 시대다. 세상은 달라지지 않았으며, 잃어버린 것들만 더 많아지고 있다. 하루키가 『상실의 시대』에서 말한 여전히 "멀미나는 시대"가 이어지고 있다. 선과 악이 강팍하게 충돌하고, 가치관이 뒤섞이고, 가짜가 당당하다. 생각과 의견을 진실이라고 우기고, 귀는 막고 목소리만 높이고 있다. 세상은 오직 두 가지 선택뿐이다. 찬성과 반대, 동지 아니면 적이다. 법도 내 편이 아니면, 내 맘대로 하도록 내버려 두지 않고, 가차 없이 적으로 몰아세운다. 남이야 굶주리고 헐벗든 말든 내 것만 열심히 챙기고 안전하고 풍족하게 살면 그만이다. 무한한 자유경쟁, 약육강식이야말로 지극히 자연스러운 생존법칙이라고 말한다.

그런 시대 속에서 우리는 상식을 잃었고, 권위를 잃었고, 원칙을 잃었으며 소통과 관용, 나눔과 공동체 의식을 잃었다. 상대를 공격하는 천박한 무기가 된 언어는 품위를 잃었고, 사실에 충실해야 할 언론은 제 욕심 챙기기와 자기편에 아부하기에 급급한 나머지 스스로 존재가치를 상실해 가고 있다. 사실과 의견의 혼동, 자기합리화의 시대에 아무리 "이것이 진실"이라고 외쳐봐야 소용없다. 소통의 수단이 더 많아지고, 빨라지고, 자유로워졌지만 관용과 공감은 없다.

어디를 둘러봐도 캄캄한 터널이다. 젊은이들은 일할 곳이 없어 길거리를 떠돌거나, 방안에 시체처럼 지내거나, 술 취한 사람 대신 운전하는 알바로 하루하루를 보낸다. 직장을 잃은 베이비붐 세대는 조그만 분식집을 열고는 텅 빈 가게에 앉아 한숨을 쉬고, 아무리 발버둥을 쳐도 헤어나지 못하는 빚 걱정에 겨울 추위가 더하다. 사방을 둘러봐도 희망은 보이지 않는다. 기대했던 새로운 정치도 희망을 주지 못하고, 정의도 우리 편이 아니다. 열면 최우선으로 꼽지만 청년실업률은 그대로다. 그 많은 세금 쏟아 부어 만든 일자리들은 어디로 사라져버린 건가. 경기가 나아지고 수출이 늘어난들 무슨 소용이 있나. 그것이 내 일자리를 보장하지 않는다는 사실을 경험으로 알고 있다. 1%만 더 배 불리고 99%의 절망만 키울 것이 뻔하다.

아무리 소리쳐도 공정함과 정의와 더불어 살아가는 사회를 믿지 않는다. 믿지 못하면 어떤 진심도 소용이 없다. 불신으로 사람들은 저마다 악을 써대고, 상식조차 무시하면서 권위와 제도에 대든다. 그래도 희망은 있다. 어려운 살림 속에서도 나눔을 실천하는 따뜻한 이웃사랑의 손길로 자선냄비가 가득 찼고, 사랑의 온도계도 어느 때보다 높아졌다. 빈말이 아닌, 기업의 이익에 앞서 정말로 청년실업 해결에 적극 나서겠다는 회장도 있다. 가난한 이웃을 위해서라면 기꺼이 세금을 더 내겠다는 국민도 절반이나 된다. 물론 내일도 우리네 삶은 녹록하지 않을 것이다. 그렇다고 꿈과 희망까지 버리지는 말자. 꿈이 없으면 지금의 고통이 아무런 의미가 없다. 살아갈 이유도 없다. 조금만 더 버티어 보자. 그러고 나서 다시 결정하자.

Chapter02 Feeling

# 우리 동네축제,
# 만족하십니까?

이보다 더 '풍성'할 수는 없다. 봄, 가을이면 전국 방방곡곡이 축제다. 들판에서도, 산에서도, 강가에서도, 항구에서도, 작은 공원과 광장에서도, 고궁에서도, 대학캠퍼스에서도, 작은 동네골목에서도 연일 잔치판이 벌어진다. 대문 밖만 나서면 사람과 자연, 전통과 특산, 예술과 역사, 춤과 노래와 음식이 어우러지는 향연을 만날 수 있다. 이미 즐겼다면 옆 동네에 가면 된다. 작은 동네 잔치까지 합하면 한 해에 1만 개가 넘는다.

새로운 생명의 탄생과 출발의 환희를 알리는 봄 축제의 주인공이 싱그러운 초록과 화사한 꽃과 따스한 햇살이라면, 수확의 기쁨과 감사의 가을축제의 주인공은 탐스런 열매와 울긋불긋한 단풍과 청량한 바람이다. 유난히 먹거리 잔치가 많고 저마다 지역특산물을 자랑하고, 문화공연을 함께 하고 있다. 놀이와 잔치를 마다할 사람은 없다. 축제가 없는 사회는 죽은 사회나 마찬가지다. 요한 하위징아가 '호모 루덴스유희의 인간'라고 했듯이 축제는 인간의 본능이다. 유희에서 전통이 나왔고, 문화예술이 나왔다.

축제가 놀이의 즐거움과 함께 경제적 이익도 가져다주고, 지역 전통을 발굴·계승하게 하며, 관광자원까지 되살린다면 그야말로 다다익선이다. 지역특산물 홍보와 지역 이미지까지 높여준다면 이보다 더 좋은 문화콘텐츠가 어디 있으랴. 축제가 마냥 놀자판, 먹자판이 아닌 지역의 삶과 역사, 독창적 가치를 담아내야 하는 이유일 것이다. 물론 안동 탈춤, 예천 활, 파주 북책처럼 이름만 들어도 축제의 성격, 지역의 역사와 전통, 문화와 자연, 특산물을 떠올리게 하고, 무엇을 보고 즐겨야 하는 알 수 있는 독창적 축제들도 있다.

그러나 아직도 우리의 축제들을 만나면 헛헛하다. 장소와 이름만 다를 뿐 붕어빵 같은 모습, 아니면 지자체장의 업적과시나 홍보전시장 같다. 비슷비슷한 이벤트로 채워지기 때문이다. 우리나라 관광지 어디를 가도 똑같은 기념상품을 팔듯 지역특성과 거리가 먼 '메이드 인 차이나', 토속 아닌 토속 음식이 즐비한 야외음식점에서 배나 채우고, 대중가수들의 공연과 경품권으로 선물 하나 얻어 돌아오는 축제도 한 둘이 아니다. 외형적 화려함에 집착한 나머지 축제의 본질인 '함께 만들고 즐기기'에 소홀히 한 결과이다. 내남없이 편의성을 위해 지역축제를 전문기획사에 맡긴 결과이기도 하다.

예로부터 축제, 특히 향토축제는 그곳 문화와 역사, 사람과 자연이 엮어내는 제의적 성격을 가지고 있다. 가을에 수확한 풍성한 특산물로 자연과 조상에게 감사하고, 공동체의 결속을 다지고, 풍요로운 내일을 다양한 놀이와 의식으로 기원했다. 때문에 축제에는 지역 특성이 배어 있어야 하고, 지역주민들이 함께 만들고 어울려야 한다. 그래야 공동체의 것이 되고, 지역문화와 정서가 된다. 지역의 문화와 역사, 사람과 삶과 연결되지 않은 축제, 주민이 함께 준비하지 않은 잔치는 흥이 없다. 수억 원에서 수십억 원의 국민 세금을 쏟아 붓는 일은 낭비다.

일본의 마츠리를 보라. 크든 작든 지역 주민 모두가 자발적으로 참여해 만든다. 함께 모여 의견을 나누고, 각자 작은 역할이라도 하나씩 맡아 필요한 것들은 손수 준비한다. 지자체는 그들에게 모든 것을 맡긴다. 소박하고 초라하더라도 거기에는 공동체 정신과 정성이 스며있기에 축제가 생명력을 지닌다. 우리 축제도 그랬다. 고구려의 동맹, 부여의 영고, 동예의 무천에서 보듯 백성들이 손수 정성껏 준비한 토산물을 신(하늘)에게 바치고는, 내남없이 신명나게 어울려 밤새도록 춤과 노래와 음식으로 공동체의 동질성과 결속을 다졌다.

우리의 동네축제도 그래야 한다. 옛것을 그대로 재현하라는 얘기가 아니다. 모습과 색깔은 달리하더라도 역사적 전통과 가치, 의미를 창조적으로 이어가야 한다. 참여를 통해 함께 만들고, 즐기고, 느끼고, 간직해 나갈 때에 '축祝'도, '제祭'도 진정한 놀이의 즐거움이 되고 소통이 되며, 살아있는 '명품'이 된다. 농산물 몇 개 더 판다고 축제가 지역주민의 것이 되지는 않는다. 공장에서 물건 찍어내듯 기획사에 맡길 것이 아니라 독일 뮌헨의 '옥토버 페스트'처럼 주민 스스로 장소와 특산물맥주을 활용한 독창적 아이디어와 스토리텔링을 만들고 즐겨야 한다.

무엇보다 지자체의 인식전환이 필요하다. 축제는 지자체의 홍보도구도, 먹고 놀자 판도 아니다. 잔치판만 벌인다고 지역주민이 좋아할 것이란 어리석은 착각도 버려야 한다. 지역축제, 동네축제가 홍수처럼 불어난 것은 지방자치제가 시작되고였다. 지역문화와 전통을 살리고, 지키기 위한 것이라기보다는 선거용 홍보와 업적 과시 성격이 짙었다. 시장, 군수가 바뀌면 축제도 바뀌거나 작

세계 3대 축제 중 하나인 옥토버페스트

아지거나 없어졌다. 지역주민, 정서, 특성과는 상관없는 것들이 주인공으로 등장하는 일도 많았다.

축제도 주민참여, 독창적 스토리와 놀이, 기술과 소통의 2.0으로 진화해야만 주민만족, 경제효과, 문화발전도 가능하다. 이 시간에도 어디에선가 축제가 벌어지고 있다. 그곳에 가면 무엇을 만나고, 어떤 것을 즐기고, 무엇을 느낄 수 있을까. 가슴 설레며 가보고 싶은, 소박하지만 지역의 독특한 문화와 풍습이 흠뻑 젖어있는, 사람과 자연과 역사가 어우러지는, 그래서 마음까지 풍성한 우리의 축제를 더 많이 만나고 싶다.

### 곤충 만나러 고향에 간다!

반세기도 넘었으니까, 벌써 옛날인가. 도시라고 가난이 너그러운 것은 아니었지만, 시골에는 먹을 것이 더 귀했다. 박정희 대통령의 제1차 경제개발 5개년 계획이 마무리됐지만 여전히 '보릿고개'가 있었다. 점심 굶는 게 예사인 시대였다. 시골 국민초등학교에서는 미국이 보내준 구호물자, 요즘으로 말하면 가축사료인 강냉이가루와 우유가루를 아이들에게 나눠주었다.

아이들은 하루 종일 들판과 야산, 논과 밭, 개울과 시내에서 살았다. 그곳에 '먹을 것'이 있었다. 너무 어려서 포획에 서툴렀던 나는 형을 졸졸 따라다니며 온갖 것들을 얻어먹었다. 장수풍뎅이,

메뚜기, 개구리, 가재, 붕어, 피라미, 심지어 장수잠자리와 물방개까지 구워서 먹었다. 동물성 단백질 섭취가 부족했던 아이들은 그것을 어디에서 무엇으로 보충해야 하는지 본능적으로 알았다. 산과 들은 농약과 화학비료에 신음하지 않았고, 그곳에 사는 '곤충'들은 건강하고 깨끗했다. 그때는 몰랐다. 그 곤충들이 미래 인류의 소중한 먹거리가 되리라는 사실을. 검정고무신에 가두어 빙빙 돌려서는 죽인 벌, 여름방학이면 곤충채집을 위해 마구잡이로 잡아서는 핀으로 꽂아버린 나비들이 지구의 생명이라는 사실을.

애니메이션 〈꿀벌 대소동〉에서는 힘들게 모은 꿀을 인간들이 공짜로 가져가 먹는다는 사실에 분개해 꿀벌들이 파업을 벌인다. 벌들이 꿀 모으기를 중단하자 들판의 꽃들이 열매를 맺지 못하고 산과 들이 마르고 동물들도 차례로 죽어간다. 지구상의 식물 40%가 곤충들의 꽃받이로 수정을 하고, 그것의 80%를 꿀벌이 맡고 있는 것을 감안하면 허풍이 아니다. 이미 100년 전에 아인슈타인은 "지구에서 벌이 사라진다면, 인류는 4년을 버티지 못할 것"이라고 경고했다. 이미 그 징후는 세계 곳곳에 나타나고 있다. 미국에서는 해마다 꿀벌들이 20~30%씩 줄어들고, 우리나라 토종꿀벌도 대부분 사라졌다. 꿀과 꽃가루를 채집하러 나간 일벌들이 신경계를 다쳐 기억을 잃어버린 탓에 집으로 돌아오지 못하고 들판을 헤매다 죽는다. 낭충봉아부패병이란 바이러스성 전염병이 꿀벌 유충을 전멸시킨다. 살충제, 곰팡이, 전자파, 대규모 단일작물재배, 열섬현상, 그 원인이 무엇이건 인간이 저지른 짓임은 분명하다.

인간은 벌과 나비뿐만 아니라, 불과 반세기전 우리가 들판에서 언제든 만날 수 있던 곤충들까지 사라지게 만들고 있다. 그들을 다시 불러오지 못하면, 가난한 시절에 어쩔 수 없이 먹었던 것이 아닌 미래의 '먹거리'를 되살리지 못하면, 인류는 머지않아 재앙을 맞을 수 있다. 2100년이면 세계 인구는 지금의 두 배인 112억 명이 되고, 그러면 먹거리도 2배 이상 있어야 한다. 축산 단지를 두 배로 늘리면 육지의 76%를 소와 돼지와 닭이 차지한다. 그들이 먹을 사료 생산을 위한 재배지도 두 배로 늘려야 한다. 그러면 인간과 자연이 살 땅이 없다.

그래서 곤충이 대안라는 것이다. 어린 시절을 돌아보면 '곤충 먹기' 거부감은 고정관념이다. 통조림으로 먹는 번데기도 곤충이다. 곤충은 인류의 탄생 이전부터 왕성한 생명력과 번식력으로 지구에서 살아왔고, 그 종도 80만이 넘는다. 좁은 공간에 적은 먹이로 키울 수 있고, 단백질과 다른 영양분도 풍부하다. 온실가스 배출양도 소, 돼지보다 100배나 적어 친환경적이어서 유엔식량농업기구FAO가 '작은 가축'이란 이름을 붙였다. 이미 벨기에가 곤충 10종을 식품 원료로 인정하는 등 세계곤충산업의 시장규모도 20조에 육박하고 있다. 그러나 우리나라는 이제 겨우 3,000여억 원이다. 사육농가가

증가하고는 있지만 영세
하다. 정부가 산업규모
를 그 두 배로 늘린다고
하지만, 국민의 의식이
바뀌어야 가능하다.

나만 잘 먹고 잘 살
면 되고, 도덕이고 양심
이고 책임이고 명예고
필요 없고, 권력과 지위
를 이용해 돈만 두둑하
게 내 주머니에 챙기면

그만이라는, 우리사회 '있는 사람들'의 온갖 천민자본주의 의식과
이기주의적 가치관, 비뚤어진 신자유주의 숭배 등을 보면 쉬울 것
같지 않다. 봉준호 감독의 영화 〈옥자〉가 무색할 만큼 "징그러운
곤충을 왜 먹어, 우리는 무슨 수를 쓰더라도 쇠고기, 돼지고기 먹
을 거야"라는 소리가 들리는 듯하다.

50년 전에도, 그리고 50년 후에도 여전히 곤충은 가난하고 배
고픈 사람들이 먹는 것이어야 하는가. 그런 대한민국이라면 과거
도 슬펐고, 미래에도 슬픈 나라다. 2년마다 나는 세계 최대 곤충축
제인 '예천세계곤충엑스포'에 간다. 50년 전 내남없이 배고픔이 서

러웠지만 들판을 뛰어다니면서 잡은 방아깨비를 구워 나눠 먹으며 웃던 시절의 따뜻한 추억, 어쩌면 50년 후에 내 가난한 손자가 먹어야 할지도 모르는 그 방아깨비와 소중한 열매를 맺어주는 벌과 나비를 다시 만나러. 더구나 예천은 나와 바로 그 방아깨비의 고향이 아닌가.

## '국제영화제'가 생각해야 할 것들

부산국제영화제에 이어 부천국제영화제가 생기고, 이른바 우리나라 3대 국제영화제로 꼽는 전주영화제 출범을 앞두고 영화문화정책연구소가 '바람직한 영화제'에 대한 토론회를 열었다. 그때 이미 지자체들이 이런 국제영화제 말고도 테마별, 장르별 크고 작은 영화제를 경쟁적으로 열고 있었다. 부산국제영화제의 상상을 뛰어넘는 성공이 자극제가 되었음은 물론이었다.

영화제를 두고 말도 많았다. 한쪽에서는 "영화제가 상영의 다양성을 확대하고 지역주민들에게 즐거운 축제의 장이 되니 다다익선"이라고 했고, 다른 한편에서는 "소비성 잔치", "지자체장들의 생색내기와 업적과시"라는 비판이 나왔다. 토론회는 이런 논란을 의식한 첫 논의였다. 오랜 전 이야기를 다시 떠올리는 것은 그때 영화제 당사자들이 말한 것들이 20년이 지나도 유효하기 때문이다. 뒤집어 말하면 역할과 가치가 많이 바뀐 지금에도 우리나라 국제영화제들은 그 긴 세월동안 크게 바뀐 것이 없다는 얘기다.

당시 부천영화제 프로그래머를 몇 년 하고 나온 김홍준씨는 "우리나라의 영화제는 모두 필름 페스티벌, 그것도 큰 것은 관주도의 거액행사이고, 작은 것은 민간주도의 초라한 영화보기 행사"라면서 "큰 영화제는 태생적으로 조급성, 규모에 집착, 일회성, 하향식의 한계를 지니고 있다"고 지적했다. 지금은 조직위원장인 당시 이용관 부산국제영화제 프로그래머는 "프로그래머는 그저 재미있는 영화나 골라오면 되는 사람이란 말만 들었다"고 했고, 여성영화제를 이끌고 있는 이혜경 집행위원장은 우리나라 영화제들은 다분히 정치적인 이유로 만들어져 국가와 지자체의 돈을 쓰면서 외형만 키우면 치적이 되는 '권력형'이라고 비판의 날을 세웠다.

실제로 처음부터 국제란 이름을 붙인 영화제들은 규모가 갈수록 커져 몇 개 나라, 몇 작품을 마치 신기록 자랑하듯 해마다 내세웠다. 슈퍼마켓을 방불케 했다. 목표도 뚜렷하지 않고, 차별성도 없는 영화제들이 작품 초청에만 매달려 중복상영까지 하면서, 관객 수에만 집착하고 그것을 성공의 척도로 삼는 영화제에 대한 우려는 시작과 함께 있었다. 그리고 10여 년 뒤, 역시 같은 주제로 토론회가 열렸다. 정부가 지원을 줄이려는 분위기에 반대하면서 국제영화제가 얼마나 중요하고 가치있으며, 한국영화의 위상과 발전에 긍정적으로 기여하고 있느냐를 강조하는 자리였다.

정권이 바뀌면서, 시장이 바뀌면서, 말도 많고 탈도 많았지만 그런 와중에도 영화제들은 나름대로 변신을 시도했다. 아시아의 창, 판타스틱, 대안, 음악 등 개성적인 색깔을 입혔다. 단순한 영화 보기 행사에서 벗어나고자 '부산 프로모션 플랜PPP', 부천국제판타스틱영화제의 '잇 프로젝트', 전주국제영화제의 '전주프로젝트마켓' 등 필름마켓을 열어 한국영화수출에도 신경을 쓰고, 부대행사로 관광효과도 노리는 전략을 도입했다. 한국영화 제작환경 개선과 인력발굴도 했다.

이런 긍정적 역할에도 불구하고 그때까지도 영화제는 규모와 유명 스타들의 잔치 강박에서 벗어나지 못했다. 덩치가 커지면서 스스로 '권력화'하고, 그들만의 리그로 치닫자 "누굴 위한 영화제인가"하는 볼멘소리도 나오기 시작했다. 영화제 역시 단순한 이벤트만 반복하면 매력도 존재이유도 없다.

칸영화제는 휴양지의 매력을 높이기 위해 영화제를 시작했지만, 전통과 권위와 예술을 추구해 세계 최고가 됐다. 베니스 역시 휴양과 관광도시답게 비엔날레와 함께 영화제를 축제로 만들었다. 낭트나 로카르노는 구색 맞추기보다는 철저히 예술 지향적, 신인발굴이나 제3세계 중심의 작은 영화제를 통해 도시의 색깔과 이미지를 높였다. 물론 외국에도 비경쟁이어서 권위도 없고, 휴양이나 관광과도 연계되지 못하고, 자국영화를 소개하고 파는 마켓 기능도 약하고, 축제라고 하기에는 무더기로 영화를 가져와 한 번씩 틀고 마는 이도저도 아닌 영화제들이 많다.

우리의 영화제들은 어디에 속할까. 영화 슈퍼마켓, 스타들의 잔
치도 의미 있을 때가 있다. 배급이나 극장 사정으로 외국의 다양
한 영화를 볼 기회가 없을 때 이런 영화제는 마니아들에게 더없이
소중하다. 부산국제영화제도 그때 출발했고, 그래서 성공했고, 주
목을 받았다. 시대가 바뀌었다. 영화 상영 환경도 좋아졌고, 영화
소비행태도 바뀌었다. 수십 개의 영화 전문 케이블채널이 생겼고,
디지털 플랫폼으로 웬만한 영화는 어느 나라 것이라고 쉽게 만날
수 있다. 동네마다 작은 영화관들도 생겼다.

조금 빨리 보기 위해서, 상영의 다양성으로 영화제가 존재하기
에는 역할이 줄었다. 물론 갈수록 영화제의 중요한 목적인 자국
영화의 세계시장 확대와 영화산업 활성화의 촉매가 되고 있다. 나
름대로 국가브랜드 가치 상승에도 기여하고 있다. 그러나 영화제
의 성격이 변하지 않으면 한계가 있다. 이를 인정하고 허영심과
자만을 내려놓고 전통과 권위를 쌓아가야만 진정한 문화예술축제
가 될 것이다.

# '까치호랑이'를
# 세상 밖으로

세상에는 유명 화가들의 그림만 있는 것은 아니다. 많게는 수십억 원 하는 그들의 그림은 서민들에게는 '그림의 떡'일 뿐이다. 기회가 닿아 전시회에서 한번 볼 수 있다면 그것으로 끝이다.

화가도 그렇다. 예나 지금이나 이름이 없거나, 이름이 있어도 알려지지 않은 이들이 많다. 고전적인 화풍과 예술적 형식과 장르만을 추구해야만 화가가 아니다. 비록 정통성은 없지만 나름대로 그림을 그리는 사람도 화가다. 그들은 정식으로 그림 교육을 받지 못했으며, 화단도 갖지 못했다. 떠돌며 그림을 그렸고, 그림에 떳떳하게 이름 석 자 남기지 않았다. 신분질서가 흔들리고, 서민문화에 대한 관심이 높아지던 조선 후기에 그들은 정통회화를 모방하고, 풍자했다. '민화'였다.

민화는 잘난 척하지 않았다. 사람들과 떨어져 있기보다는 일상 가까이에 있어왔으며 시대의 생활양식과 정신세계, 역사와 관습을 표현했다. 병풍이나 족자, 부채와 용기, 벽 등 생활공간을 장식하면서 삶 속에 자연스럽게 들어왔다. 예술적 가치구현이나 존재추구보다 사람들과 함께 호흡하려고 했기에 장소와 쓰임에 따라 종류와 양식도 자유롭다. 온갖 새와 꽃, 물고기와 동물이 등장하는가 하면, 사시사철 풍속도 담고, 유명한 고사와 전설과 소설을 그림으로 압축해 표현하기도 했다. 한자의 획에 그 글자의 의미와 관계가 있는 형상을 그린 그림은 아이들 교재였고, 진짜 서가처럼 병풍에 책장과 책들, 거기에 문방사우까지 곁들인 대형 책거리는 운치 있는 장식물이었다. 무당이나 점쟁이 집에 가면 어김없이 걸려있는 무속도는 일종의 상징이었다. 상상의 세계가 자유롭게 펼쳐져 있다.

민화에는 정통회화가 갖지 못한 것들이 있다. 익살스럽고 소박한 형식, 대담하고 파격적인 구성, 원색적인 색채이다. 한국민화학회를 창립했고, 20년 넘게 민화연구에 매달리고 있는 정병모 경주대 교수는 "민화는 자유"라고 했다. 어떤 권위에도 구애받지 않고, 어떤 규범에도 얽

매이지 않은 자유로움. 때론 과감하게 때론 무심하게 전통을 파괴하고, 굳어진 관습을 뛰어넘고, 형식을 재구성하면서 다채롭고 풍요로운 예술세계를 영롱하게 빛나게 했다는 것이다. 한국적인 정서와 미의식을 잘 드러내고, 정감을 솔직하게 표현하고 있기 때문이었다.

정통화가들이 엄두도 못낸 자유로운 상상력으로 우리의 빛깔과 정서를 담고, 낡은 세계를 새롭게 만들고, 삶을 풍요롭게 만든 민화야말로 미국 민간미술연구가 베트릭스 럼포드Beatrix T. Rumford가 말한 "평범한 사람들의 위대한 예술"인지도 모른다. 그래서 한국적 정서와 미의식을 잘 드러내고, 정감을 자유롭고 창의적으로 표현한 민화가 진정한 의미에서 '민족화'라고 주장하는 사람들도 있다. 그러나 이런 민화를 우리는 '속화俗畫'라고 부르며 한동안 천시했다. 한국적인 삶과 정서가 짙게 스며있음에도 불구하고 품격과 세련미가 떨어진다는 것이 이유였다.  일상생활양식과 관습에 바탕을 두다보니 그리는 사람에 따라 인습적 되풀이에 그치기도 했다.

부끄럽게도 민화의 가치를 세상에 알린 사람은 일본의 민예운동가 야나기 무네요시1889~1961였다. 1950년대 말 그는 아무도 눈여겨보지 않던 민화의 시대적, 예술적 가치를 극찬했고, 일본에 '조선민화 열풍'을 불어넣었다. 일본 박물관들이 수집에 열을 올렸고, 도록을 발간하는가 하면, 에도시대에 풍미했던 우키요에浮世

繪와 비교하기 시작했다.

우키요에도, 민화도 한 시대의 대중예술이었지만 운명은 엇갈렸다. 우키요에는 목판화로 대량생산으로 시대를 이어 생명력을 키워갔다. 화려하며 감각적인 화면구도, 강렬한 선과 색의 대비, 관능적인 묘사와 환상적인 문양은 일본의 자연과 생활, 가부키와 연결되고, 일상용품의 장식화가 됐다. 그렇게 일본을 대표하는 대중예술을 넘어 문화상품이 된 우키요에는 고흐, 마네, 모네 등 유럽·인상파화가들을 열광시켰고, 유럽 전역에 일본의 예술과 생활양식을 모방하는 자포니즘Japonism을 유행시켰다. 지금도 우키요에의 각종 캐릭터들과 문양은 세계 곳곳의 음식점과 거리를 장식하면서 매력적이고 독창적인 문화상품으로서의 인기는

물론 세계인들에게 일본의 이미지를 각인시키는 '브랜드'가 됐다. 화의 개성이나 매력, 예술적 감각과 다양한 변주의 잠재력은 결코 우키요에에 못지 않다. 형식을 의식하지 않은 자유분방한 미의식, 투박하면서도 진솔한 정감, 인간의 보

편적인 가치인 삶에 대한 애착과 동경과 기원을 담은 다양한 캐릭터의 독창성은 얼마든지 실용화가 가능하고, 세계로도 나아갈 수 있다. 무한한 변화와 상상력으로 기존의 공식을 넓히고 변형하고 해체하면서 어울리지 않을 것 같은 형상과 주제를 뒤섞고 녹인 민화 자체가 창조이고 융합이다. 자포니즘을 뛰어넘는 '코리아니즘' 열풍도 헛된 꿈이 아니다. 시선만 달리한다면.

새로운 시선이 예술을 만들고, 그것의 가치를 발견하게 한다. 어울리지 않을 것 같은 형상과 주제를 뒤섞고 녹인 조선의 수많은 무명화가들도 그랬다. 과감하고 자유로운 상상력과 새로운 시선으로 그들은 '까치호랑이'를 탄생시켰다. 세상에 둘도 없는 그 호랑이가 달력에 갇혀 있지 않고 세상 곳곳을 걸어 다니게 만드는 것은 우리의 몫이다. 우키요에처럼 민화를 문화산업으로 연결한다면 세상에 둘도 없는 그 까치호랑이가 K-POP처럼 우리에게 기쁜 소식을 전하는 또 하나의 행복한 사자使者가 될 수도 있다.

민화를 배우는 사람, 여기저기에서 민화 전시회를 여는 사람, 그 민화를 일상에 자연스럽게 접목시키는 사람들이 점점 많아지고 있다. 유명 화가의 전시만 찾지 말고, 이름 없는 조상들이 남긴 우리 고유의 위대한 예술을 한번 만나보라. 민화에 대한 '지금까지의 모든 것'이 바뀔 것이다.

# 글쓰기,
# '나'를 사랑하는 일

글쓰기 강의 첫 시간에 학생들로부터 간단한 설문을 받는다. '나는 누구이며, 무엇을 하고 싶은가, 최근 내가 읽은 책과 본 영화, 그리고 강의에 바라는 것'이다. 그때마다 놀라곤 한다. 자신의 장단점을 너무나 잘 알고 있으며, 전공을 떠나 꿈이 무척 다양하고 아름답다. 읽은 책이 너무 적고, 영화는 많이 본다. 그러나 좋은 글쓰기에 대한 열망은 상상 이상으로 높다.

요즘 젊은이들은 글쓰기를 싫어한다는 말은 틀리다. 그들 역시 좋은 글 쓰고 싶은 마음 간절하다. 그것도 학점을 따기 위한 리포터가 아니라 일상적인 글을. 중년들도 글쓰기 열망이 뜨겁다. 정신없이 살다보니 어느새 황혼기를 맞아 자신의 삶과 시간을 되돌아보면 한숨도 있고, 웃음도 있다. 그것을 글로 표현하고, 남기고 싶지만 자신이 없어 글쓰기 배우려 가까운 도서관, 문화센터로 달려간다. 글쓰기 모임도 많고, 온갖 제목을 붙인 글쓰기 책도 끊이지 않고 나온다. 10년 전에 비해 판매점유율이 4배나 되며, 심심찮게 베스트셀러도 있다. 글쓰기 모임의 생생한 노하우까지 소개한 책도 있다.

모든 것이 말로 가능하고, 편지 대신 스마트 폰에 단어 몇 개로 대화를 나누는 시대에도 여전히 글쓰기 로망이 남아있다는 것이 아이러니다. 갈수록 독서가 줄어들고 있는 것을 감안하면 더욱 그렇다. 모순이다. 글의 출발, 좋은 글의 바탕은 독서이기 때문이다. 준비운동 없이 물에 뛰어들려는 것과 같다. 기자 출신으로, 글쓰기 강의를 하다 보니 "좋은 글을 쓰고 싶은데 어떻게 하면 되나요?"란 질문을 자주 받는다. 답이 쉬우면서도 어렵다. 원로 드라마 작가 김수현은 "뛰어난 글재주는 타고 난다"고 했다. 공감한다. 요령을 익힌다고, 맹렬히 연습한다고 되는 것은 아니다. 어느 나라, 어느 시대 할 것 없이 당대의 문장가들은 천부적 재능을 가지고 태어났다.

재능이 전부라면 슬프다. 평생 글쓰기 강의를 듣고, 노력해봐야 소용이 없으니. 실제로 그런 생각에 포기하려는 사람들도 많다. 그들에게 이렇게 말해준다. "좋은 글쓰기는 타고난 재능도 있어야 하지만, 열정과 노력으로 가능하다"고. 세계적인 명성을 가진 작가들도 속을 들여다보면 그렇다. 김수현도 "뛰어난 작가는 몰라도, 좋은 작가는 될 수 있다"고 했다. 물론 헤밍웨이의 말처럼 참을 수 없이 어려운 노력을 필요로 한다.

글쓰기에서 '노력'이란 방법을 열심히 익히는 것이 아니다. 방법만 알고 있으면 뭘 하나. 쓸 내용과 그것을 글로 표현할 자신의 언어가 부족하면 아무 소용없다. 그래서 독서가 먼저다. 읽어야 쓸 수 있고, 읽어야 나의 언어가 나온다. 독서는 상상력과 사고력을 길러주고, 내가 미처 모르고 있던, 내 안에 숨어있던 감정과 감각을 끌어낸다. 물론 무작정 책만 많이 읽는다고 글쓰기가 저절로 되는 것은 아니다. 읽으면서 그때그때 느낌이나 생각을 메모해야 한다. 단어도 좋고, 문장도 좋다. 짧은 메모, 단어 하나가 그때의 모든 기억과 감정을 기억한다. "메모는 잊지 않기 위해 하는 것이 아니라 잊기 위해 하는 것"이라고 일본 작가 사카토 겐지는 '메모의 기술'에서 말했다. 영화나 드라마, 연극, 그림을 볼 때도 마찬가지다. 여행에서도 사진만 찍지 말고 메모를 해야 한다. 습관적으로 펜을 손에 들고 있어야 한다.

그래도 굳이 글쓰기 요령 몇 개쯤은 꼭 알고 싶다면 흔히 말하는 '한 줄의 감상, 일기라도 자주 써라', '문장은 짧고 분명하게', '주어와 서술어의 일치, 조사의 정확한 사용', '가능한 접속사는 쓰지 말고', '중언부언은 지우고' 등이다. 이것들 역시 절대 원칙은 아니다. 문장이 길면 읽기 힘들고 이해하기도 어렵다고 하지만, 모두 그런 것은 아니다. 소설가 이태준은 "글은 소품이든, 대작이든, 개미면 개미, 호랑이면 호랑이처럼 머리가 있고 몸이 있고, 꼬리가 있는 일종의 생명체이기를 요구한다"고 했다. 프랑스 작가 르나르의 시 〈뱀〉처럼 '너무 길다'란 두 단어로도 멋진 시가 되고, 박상륭의 소설 『죽음의 한 연구』처럼 처음 한 문장이 무려 100줄이 넘는 구성진 글도 있다. 『칼의 노래』의 김훈이 비유했듯이 체조선수처럼 착지가 중요하다. 아무리 멋진 공중회전도 마지막 땅에 내려서는 순간 자세가 무너지면 소용이 없듯이 문장도 마찬가지다. 개미에 호랑이 꼬리를 달면 안 된다.

말 값만 있고 글 값은 없는 세상에 사람들은 왜 글을 쓰고 싶어 할까. 글은 곧 '나'이기 때문이다. 나의 삶과 생각, 마음과 느낌이기 때문이다. 아무리 다른 사람의 삶과 세상을 보고 읽고 쓴 글이라도 거기에는 나의 삶이 투영되어 있다. 내가 쓰는 어떤 글도 나를 표현한다. 그래서 같은 글이라도 사람마다 다르다. 글은 정직하다. 아니 정직해야 한다. 다른 사람의 글을 내 것인 양 하는 것은 나를 부정하는 일이다. 투박하고 부끄러워할 이유도 없다. 나의 언어와 생각과 느낌이 담긴 글이기에 소중하다. 인생이 그렇듯 표현이 멋있다고, 많은 지식이 들어있다고 꼭 좋은 글은 아니다.

다윈이 인간의 문화적 특성 3가지로 술빚기와 빵굽기, 글쓰기를 꼽았듯이 내 가슴에서, 나의 체온으로 발효와 숙성이 된 글이 아름답고 감동적이다. 셰익스피어의 화려한 대사보다 뒤늦게 겨우 한글을 깨우치고 나서 어느 할머니가 삐뚤삐뚤 쓴 "세상이 보입니다"라는 한 줄이 가슴을 더 울린다. 이것이 글이고, 글쓰기이다.

"기억이 없다면 우리는 아무것도 아니다"라고 스페인 영화감독 루이스 부뉴엘은 말했다. 글은 곧 나의 기억이고, 역사다. 때문에 글쓰기는 어쩌면 인간의 생존본능인지도 모른다. 글쓰기가 나와 나의 삶, 나의 문화가 되려면, 무엇보다 각자의 시간과 역사를 소중하게 여기고, 타인의 시간에도 귀 기울이는 마음을 가져야 한다. 그 마음이 '글과 책이 있는 삶', '글쓰기의 행복'을 자연스럽게 만들어 줄 것이다. 당장 오늘부터 나의 하루 역사인 짧은 일기라도 쓰자. 손으로 직접 내 글씨로.

# 글로벌
# 스토리텔링

어찌 보면 참 진부하다. 젊은 남녀의 사랑에서 애국, 사명감, 평화, 정의, 용기, 우정, 나눔까지. 황당하다. 칠순의 할머니가 어느 날 이상한 사진관에서 사진을 찍다가 스무 살 처녀가 되었다. 드라마 〈태양의 후예〉와 영화 〈수상한 그녀〉이다. 이런 작품들이 한국을 넘어 아시아와 유럽까지 뜨겁게 달구면서 〈대장금〉 이후 최고의 '한류열풍'을 일으켰고, 3개국에서 자기 이야기로 만들어 흥행돌풍을 일으켰다.

한류 스타가 있어서? 드라마로서는 보기 드문 대작이어서? 연기가 워낙 능청스러워서? 그것으로 진부함과 황당함을 새로움과 그럴듯함으로 바꿀 수는 없다. 두 작품은 현실의 구체성으로부터 보편적 인간경험을 들어 올린 후, 그 내부를 개성적이고 독특한 문화적 특성으로 표현해 우리 자신의 인간성을 발견하게 만들었

다. '뻔하다'의 또 다른 의미인 '원형'으로 나아갔다.

무대와 배경부터 그렇다. 더 이상 한국전쟁도 월남전도 아니다. 젊은이들에게 그것은 역사일 뿐이고, 나와는 상관이 없다. 지금은 비록 이국땅이지만 이라크 전쟁이 현실이다. 그리고 그들에게 그 전쟁은 단순히 다른 나라와 민족들 간의 싸움이 아니다. 그곳에서 일어난 지진, 바이러스 감염, 인권유린과 마찬가지로 지구촌이 함께 고민하고 해결해야 할 불행이고, 재난이고, 구호의 대상이다. 우리에게는 특별할 수 있지만, 지금 세계가 안고 있는 이런 문제들을 〈태양의 후예〉는 한국뿐만 아니라 여러 국가의 젊은이들의 관계를 통해 인류 보편적 소재로 만들었다. 지고지순한 사랑을 위해 젊은 남녀가 가치관, 직업, 학력, 계급을 뛰어넘으려 하고, 나와 상관없다고 생각하는 사람들의 생명까지 지켜주려고 목숨을 거는 모습이 누구의 눈엔들 아름답고 값지지 않겠는

가. 이런 '글로벌 스토리텔링'이 아시아는 물론 문화적 색채가 전
혀 다른 유럽의 젊은이들까지 공감하게 만들지 않았을까.

나이를 먹어 아무것도 할 수 없는 할머니가 된 여자가 인생의
경험을 고스란히 갖고 스무살 처녀로 돌아와 그 시절의 꿈<sub>가수</sub>을 이
루는 〈수상한 그녀〉도 마찬가지다. 비슷한 역사와 삶을 가진 아시
아 여성들의 판타지이다. '원소스 멀티 테리토리'<sub>하나의 소스를 모티프로 국가</sub>
<sub>별로 현지화하는 것로</sub> 베트남에서는 〈내가 니 할매다〉로, 중국에서는 〈20
세여, 다시 한 번〉으로, 일본에서는 같은 이름의 〈수상한 그녀〉로
다시 태어나도 흥행에 성공한 것은 당연했다. 현실에서는 이룰 수
없는 판타지이지만 뜬금없이 공주가 되는 것도 아니고, 백마 탄

왕자를 만나는 것도 아니었
다. 여전히 같은 삶의 터전
에서 가난과 가로막혀 포기
했던 작은 꿈을 위해 용기를
가지고 도전할 뿐이다.

'글로벌 스토리텔링'이라
고 별나야 하는 것은 아니
다. 억지로 새로운 이야기
를 찾아서 꿰맞추지 않아도
된다. 나와 이웃의 과거와

현재의 삶을 따뜻하고 섬세한 눈으로 들여다보고 아기자기한 이야기로 엮고, 그 안에 누구나 소중하다고 생각하는 것들을 느끼고 재발견하게만 해준다면 형식과 크기를 떠나 언제든 지역과 인종, 언어와 문화를 넘어 세계로 나아갈 수 있다.

## 당연한 것들이 '로망'이 된 세상

지극히 당연한 것들이 '로망'이 되어버렸다. '로망'이 됐다는 것은 지금 나에게는 없고, 그렇지만 나도 간절히 원하고 꿈꾼다는 얘기이다. 나보다 상대를 더 소중히 하는 지고지순한 사랑, 말 그대로 사랑을 위해 계급과 학력의 벽을 뛰어넘는 열정, 군인으로서 목숨을 아끼지 않은 책임감과 뜨거운 전우애, 인종과 지역을 넘어 생명사랑을 실천하는 봉사정신. 인간이라면, 특히 젊은이라면 가져야 하고, 지켜야할 지극히 당연한 가치들이 나에게는 없다. 나만이 아니다. 지구촌 어디의 젊은이에게도 찾아보기 힘들어졌다.

부와 외모, 학력과 지위가 결혼의 중요한 잣대가 되어버렸는데 사랑에 미쳐 모든 것을 던져버릴 수 있나. 수단과 방법을 다해 피하고 싶은 것이 군복무인데 특전사대원이 되어 조국을 위해, 알지도 못하는 사람들을 구하기 위해 사지에 뛰어들 수 있나. "예"라고 말할 자신이 없는 순간, 그것을 부끄럽게 여기는 순간, 〈태양의 후예〉의 주인공들의 모습은 '로망'이다. 그들도 안다. '로망'이 되어버린 이 지극히 당연한 것들이 자신은 물론 인류의 삶을 아름답고 소중하게 만들며, 누구도 아닌 스스로, 서서히 되찾아야 한다는 사실을. 인종과 문화가 다름에도 불구하고 아시아와 유럽의 젊은이들까지 공감할 수밖에 없다. 닮고 싶고 잃어버리고 싶지 않은 것들이니까. 모습과 색깔은 달라도 이 땅의 젊은이라면 누구나 유시진이나 서대영처럼 살고 싶다.

젊은이들에게는 애국심도 없다, 순수한 사랑도 없다, 맡은 일에 대한 책임감과 열정도 없다고 함부로 말한다. 그렇다고 하자. 그들의 책임인가.

# 광해,
# '뻔한 것'의 힘

　'뻔한'이야기였다. 감독<sub>추창민</sub>도 "너무 쉽고 뻔한 영화"라고 했다. 시대와 배경만 다를 뿐, 플롯과 인물설정, 극의 전개는 영락없는 마크 트웨인의 소설 〈왕자와 거지〉, 일본 구로사와 아키라 감독의 영화 〈카게무샤〉다. 〈광해, 왕이 된 남자〉에서는 천민인 광대 하선이 암살위협에 시달리다 의식을 잃고 쓰러진 왕의 역할을 대신한다. 동서양, 시대를 막론하고 이런 이야기에는 공통점이 있다. 역할이 극단적이다. 가장 낮은 자가 가장 높은 곳에 오른다. 왕과 거지, 임금과 광대, 영주와 도둑. 그만큼 대리만족이나 카타르시스도 크기 때문이다. 누구나 한번쯤은 "내가 어느 날 왕이 된다면" 하는 꿈을 꾼다. 배우가 되고 싶은 것도, 연기의 매력도 허구일망정 지금의 '나'와는 다른, 내가 갈 수 없는 인생을 잠시 살아보고 싶은 욕망 때문일 것이다.

　영주인 형의 죽음을 숨기려는 동생이 카게무샤로 좀도둑을 데려왔듯이, 하선 역시 조정의 반란을 막기 위해 도승지가 선택한 인물이다. 정치적 목적을 위해 닮은꼴인 그들에게 옷만 바꿔 입혀놓고는 모두가 속아주기를 바란다. 탄로가 나면 단순히 대역만 끝나는 것이 아니다. 가짜는 물론 그를 내세운 사람도 죽음을 면치 못한다. 공동운명체다. 반대로 가짜가 자신의 위치를 망각해도 큰일이다. 위험천만한 도박일 수밖에 없다. 재미있고, 아슬아슬하고, 비장한 운명이다. 낯선 환경에서 가짜의 어이없는 실수가 웃음을 준다. 그러나 그 조마조마한 웃음도 자신도 모르는 사이에 가짜가 진짜로 착각해 "거참, 나랏일이라"고 한 농담이 현실이 되면서부터는 끝난다.

하선이 왕의 신분으로 대동법 시행을 명하고, 양반과 관리의 횡포를 꾸짖고, 가난한 백성에게 선정을 베푼다. 헤어진 어머니를 만나려는 어린 궁녀 사월이의 소원도 들어주고, 역모죄를 뒤집어 쓴 오라비를 방면해 중전의 잃어버린 웃음도 되찾아준다. 가짜 왕의 반란은 누구보다 가난하고 힘없는 백성의 아픔을 먼저 들여다보고, 차별하지 않고 모든 사람을 아끼는 마음에서 비롯된다. 백성은 그런 왕에게 놀란다. 백성만이 아니다. 가짜 왕인 줄 알고 있는 도승지도, 호위무사도, 중전도 감동한다.

〈광해, 왕이 된 남자〉는 사극이지만 역사적 사실과는 거리가 먼 허구다. 조선왕조실록에서 사라진 광해군 15일간의 행적에 마음껏 상상의 나래를 편 것이다. 영화가 보여주고 싶은 것은 참된 지도자의 덕목이다. 학식도, 명석한 두뇌도 아니다. 가짜 왕 거지, 가짜 영주 카게무샤, 가짜 광해 하선이 가진 것은 진심으로 국민과 소통하고, 아픔을 함께 나눌 줄 아는 눈과 마음이다. 이 역시 뻔한 소리다.

이런 영화에 1,000만 관객이 감동했다. '뻔한 것'의 힘이다. '뻔하다'에는 두 가지 의미가 있다. 하나는 내용이 협소하고 낡고 몰개성적인 일반성으로 포장한 '상투'이고, 하나는 현실의 구체성으로부터 보편적인 인간경험을 찾아내 그것을 개성적이고 독특한 문화적 특성으로 표현한 '원형'이다. 어설프게 베낀 상투는 유치하지만, 원형은 우리에게 인간성을 발견하게 해준다. 변할 수 없는 인간의 소중한 가치인 정의, 용기, 사랑, 가족, 우정, 나눔과 배려, 연민과 용서, 공동체 의식이다. 문화의 본질과 힘이기도 하다. 하늘 아래 새로운 것은 없다. 〈광해, 왕이 된 남자〉가 말한 위대한 지도자도 별것 아니다. 우리가 '뻔하다'고 여기는 가치들을 소중히 하는 사람이다. 그것이 인간을 인간답게 만들고, 세상을 감동시키기 때문이다.

## '광해'를 다시 떠올리는 이유

좋은 지도자란 거창하지 않다. 뛰어난 학식, 명석한 두뇌를 꼭

가져야만 하는 것은 아니다. 초능력을 가진 '영웅'일 필요도 없다. 지도자가 소중히 해야 할 덕목으로 가장 먼저 꼽는 것이 '민심의 존중'이다. 동서고금, 정치이념을 막론하고 같다. 스스로를 낮춰 백성과 함께 하고, 진심으로 백성을 귀하게 여기는 마음을 가져야 하고, 가난하고 아픈 사람들의 신음을 외면하지 말아야 한다는 것이다. 맹자는 백성이 가장 귀하고, 사직이 그 다음이고, 임금이 가장 낮다고 했다. 군주는 백성을 위해 존재한다는 것이다. 백성을 존중하고 위하는 것이 통치의 근본이며, 백성은 강물과 같아서 그 위에 떠 있는 배인 군주를 강물에 빠뜨릴 수 있다고까지 했다.

정권교체기, 지도자가 제 역할을 못해 국민들이 힘들고 고통스러울 때면 어김없이 이를 일깨우는, 국민이 바라는 지도자 상象을 그린 영화들이 나온다. 지금보다 나은 지도자에 대한 갈망, 다음 지도자를 향한 충고이다.

〈광해, 왕이 된 남자〉가 개봉한 2012년 겨울에도 대통령 선거가 있었다. 어느 후보는 그 영화를 보고 눈물을 흘렸고, 어느 후보는 아예 보지도 않았다. 영화를 본 후보는 낙선했고, 대통령이 된 후보는 나중에 그 영화가 '좌파적'이라며 투자와 배급을 맡은 대기업을 억압했다. 그리고 4년 뒤, 그 대통령은 헌법을 무시하고, 국정을 농단해 탄핵됐고, 그 때문에 때 아니게 일찍 치러진 선거에서 그 영화를 보고 눈물을 흘렸던 후보는 대통령이 됐다.

가짜 광해의 '반란'은 누구보다 가난하고 힘없는 백성의 아픔을 먼저 들여다보고, 차별하지 않고 모든 사람을 아끼는 마음에서 비롯되었다. 조정대신들을 향해 "임금이라면, 백성이 지아비라 부르는 왕이라면, 빼앗고 훔치고 빌어먹을지언정, 내 그들을 살려야 하겠소. 그대들이 죽고 못 사는 사대의 예보다 내 나라 백성이 열 갑절 백 갑절은 더 소중하오"라고 꾸짖는 왕에게 백성들은 감동했다. 그가 가짜 왕이란 사실을 알고 있는 도승지는 이렇게까지 말한다. "백성을 하늘처럼 섬기는 왕, 진정 그것이 그대가 꿈꾸는 왕이라면 그 꿈 내가 이뤄드리리다"라고.

〈킹 아더〉·〈원탁의 기사〉·〈엑스칼리버〉·〈카멜롯의 전설〉·〈킹 아서: 제왕의 검〉 등 끝도 없이 영화로 만들어지고 있는 영국의 전설의 인물 아서왕 이야기도 비슷하다. 가난하고 힘없는 백성의 아픔을 먼저 보듬고, 누구도 차별하지 않는 지도자이기 때문이다. 폭정과 부패와 불평등과 사리사욕이 넘치는 세상을 정의롭고 공평하게 바꾼 '영웅'이지만 권위적이지 않고 겸손하다. 그를 도운 원탁의 기사들 역시 공을 과시하거나 욕심을 가지지 않고 조용히 뒤에 있다.

공정한, 특권과 반칙이 없는 세상을 만드는, 이웃의 아픔을 외면하지 않고 소외된 국민이 없도록 노심초사하는 마음으로 항상 살피는, 국민들의 서러운 눈물을 닦아주는, 소통하고, 낮은 사람, 겸손한 권력이 되어 군림하고 통치하는 것이 아니라 대화하고 소통하는, 따뜻하고 친구 같은 지도자. 늘 영화에서만 볼 수 있었던, 지도자라면 지극히 마땅하고<sup>상식</sup>, 옳은<sup>정의</sup> 그 모습에 우리 국민은 목말라 있다.

⟨광해, 왕이 된 남자⟩를 다시 떠올린 이유이다. '너희 가운데 높은 사람이 되려는 이는 너희를 섬기는 사람이 되어야 한다. 또한 너희 가운데에서 첫째가 되려는 이는 모든 이의 종이 되어야 한다.' 예수의 말이다.

# 현실에서 역사를
# '기억'하는 방식

'밖으로 싸우기보다 안에서 싸우기가 더욱 모질어서 글 읽는 자들은 갇힌 성 안에서 싸우고 또 싸웠고, 말들이 창궐해서 주린 성에 넘쳤다.' 김훈은 이렇게 서문을 쓰면서 소설 『남한산성』을 시작했다. 병자호란으로 이 땅이 다시 유린되고 인조가 부랴부랴 남한산성으로 피신한 때로 돌아가면서 김훈은 말과 먹을 것을 만났다. 아이러니하게도 이 둘은 정반대의 모습이었다. 전쟁은 말의 풍년을 낳았고, 먹을 것을 없앴다. 벼슬아치들의 말이 날카롭고, 그것의 부딪침 속에서 백성들은 굶주림과 추위로 쓰러져갔다. 날카롭고 차가운 문장이 역설적으로 치욕의 역사를 뜨겁게 드러낸다. 엄동설한, 조선 산하는 오랑캐에 짓밟혀 숨도 제대로 쉬지 못했다. 임금은 작은 성에 부들부들 떨며 웅크리고 있다가 두 달을 버티지 못하고 삼전도에 나와 청나라 황제에게 '삼배구고두례三拜九叩頭禮 세 번 절하고 아홉 번이나 머리를 조아림'를 했다. 역사는 그때의 굴욕과 참상, 그 원인을 숨김없이 전한다.

앞서 조선은 일본의 침략으로 만신창이가 되었다. 광해군이 15년 만에 반정으로 쫓겨나고 인조가 등극한 1623년으로 중국은 명·청 교체기였다. 서인이 주도한 반정의 명분은 충과 효였다. 선조의 계비인 인목대비 존호를 폐하고 서궁으로 칭한 것은 불효이고, 명과 청 사이에서 양면외교야말로 왜란 때 구원병을 보내준 명에 대한 불충이란 것이었다. 『남한산성』의 소재가 된 병자호란과 앞서 일어난 정묘호란은 바로 그 '충'을 고집한 서인들이 자초한 참화였다. 자신들의 권력을 위해 명에 대한 사대를 충이라고 고집한 것도 어이없고 시대착오적이지만, 설사 '충'이라도 그것을 지키려면 청에 맞설 힘을 길러야 마땅했다. 그들은 그러지 않았다.

왕과 신하들의 무능과 무책임, 자기탐욕이 불러일으킨 참화는 고스란히 백성의 몫이었다. 인조가 엄동설한의 들판에서 청의 황제에게 엎드려 항복하기까지, 항복 후에도 이 땅의 백성들은 무참했다. 왕은 나라와 백성을 구하기 위해 죽음보다 치욕스러운 굴욕을 감수했다고 하지만, 백성은 왕에게 버림받고, 적의 창에 죽어갔다. 임진왜란으로 200만 명의 백성이 죽어 조선의 인구가 300만 명으로 줄었는데, 다시 병자호란으로 그 6분의 1인 50만 명이 청나라에 노예로 끌려갔으니 이 땅의 백성 절반이 사라진 셈이었다.

김훈은 두 비극의 역사를 소설 『칼의 노래』와 『남한산성』으로 우리에게 각인시켰다. 그의 소설은 날카롭고 섬세한 역사 읽기이다. 언어의 예리함과 감수성으로 역사를 문학 속에 살아있게 만들었다. 그것만이 그의 소설이 널리 읽히고, 영화로 만들어져 인기를 누리는 것은 아니다. 그가 기억하고 재구성하는 역사가 그의 언어만큼이나 날카롭게 '현실'을 반추하게 만들기 때문이다. 이순신은 신화적 영웅이 아니라 시대가 요구하는 지극히 당연한 장수였고, 지극히 솔직하고 인간적인 인물이었다. 전쟁 속에서 비둘기와 매가 되어 한 치의 양보나 타협 없이 '안에서 더욱 모질게, 갇힌 성 안에서 말로 싸우고 또 싸우는' 최명길과 김상헌 역시 이 시대를 비춘다. 역사의 거울에 비친 모습을 소설과 상관없이, 장르의 특성상 영화가 좀 더 단순화시켰든 말든 사람들은 각자의 상을 그린다.

『남한산성』을 이야기하면서 김훈은 '나는 아무 편도 아니다. 다만 고통 받는 자들의 편이다'라고 했다. 그의 역사의 거울은 선택의 옳고 그름이 아닌 고통에 민감했고, 그것에 내편 네 편이 없었다. 때문에 『남한산성』에는 그 고통의 원인이나 사람에 대한 미움이나 비판이 없다. 왕도, 김상헌도, 최명길도 모두 연민으로 포용했다. 제각각의 '고통'에 집착했다. 그것이 우리에게 보여주고자 했던 '역사'다. 영화에서는 미약하나마 그것의 선·악을 구분하지만, 그 역시 역사에 대한 해석이나 비판은 아니다. 왕의 삼전도 굴복으로 청으로 끌려간 백성들이 겪어야했던 비극도 무심하게 단

한 줄의 문장으로 지나간다.

소설을 읽고, 영화를 보는 모든 사람들이 그것을 따라야 할 이유는 없다. 현실에서 '역사를 기억하는 방식'은 각자의 선택이다. 명과 청 사이에서 고민한 조선의 처지, 죽음보다 살아서 새 길을 가려했던 최명길과 죽음보다 못한 삶보다 죽음의 길을 간 김상헌의 대립에서 지금을 본 사람들도 있다. 말로 모질게 싸우기만 하는 신하들을 보며, 백성을 팽개친 인조의 무능함과 나약함에서 오늘의 정치, 지도자를 떠올리기도 한다. 역사는 이렇게 언제나 현재로 다가온다. 소설과 영화가 그 기회를 준다. 그렇다고 작가와 감독이 이끄는 대로 가야할 이유는 없다. 역사가가 아니니까.

# 누군가에게
# 조종당한다는 것은

살아가면서 당신은 한 번쯤 이런 의문을 품어 본 적이 있는가. "나, 아니면 저 사람의 삶이 누군가에 의해 모두 조종당하고 있는 것은 아닐까"라고. 많은 영화가 "그럴지도 모른다"고 말한다. 대통령을 주인공으로 펼쳐진 2016년 가을 대한민국의 막장드라마까지 봤으니, 상상과 허구일 뿐이라고 자신 있게 말하지 못하겠다.

게임의 주인공이 되어 화면 속에 들어가 전투를 펼치는 '모션 컨트롤러 시대'는 이미 지났다. 인간의 감정까지 읽어내 조종하는 '이모션 컨트롤러 시대'이다. 누군가 내 꿈속에 들어와 조작하는 일도 얼마든지 가능하다. 아예 존재 자체를 다른 사람에게 강탈당하는 〈본 아이덴티티〉와 〈언노운〉도 있다. 이런 영화들은 인간의 '자유의지'에 대해 되묻는다. 자유의지를 가진 인간은 누군가 내 삶을 침범하지 않을까 불안하다. 그 불안은 어떤 존재가 내 삶을 모두 조종하고 있을지 모른다는 의심으로 연결된다. 〈인셉션〉처

럼 꿈속에서 다시 꿈을 꾸고, 꿈속의 상황을 누군가 조작하는 일
이 터무니없다고 부정하지만, 누군가가 내 꿈까지 조종하고 있다
는 꺼림칙한 느낌.

삶이 자유의지의 산물임을 인식하고, 그것을 소중히 생각하는
지극히 정상적인 인간이라면 누군가 자신의 삶을 조종하는 것이
끔찍하다. 조지 놀피 감독의 〈컨트롤러〉도 그런 인물이 주인공이
다. 원작 소설 『조종팀』을 쓴 필립 K. 딕은 아이작 아시모프처럼
외계인의 존재나 우주전쟁, 로봇이 지배하는 세상을 상상하지는
않는다. SF명작으로 꼽히는 리틀리 스콧 감독의 〈블레이드 러너〉
의 원작인 『안드로이드는 전기양을 꿈꾸는가』나 〈토탈리콜〉의 원
작인 『도매가로 기억을 팝니다』에서 보듯, 전쟁이나 오염으로 삶
이 혼란스러운 세상을 이야기한다.

『조종팀』도 마찬가지다. 조정국의 요원들이 자신들만의 비밀통
로를 통해 공간이동을 하면서 주인공의 일과 사랑, 미래를 감시하
며 그의 행동을 조종하고 통제한다. 그들은 자신들의 역할을 빼고
는 특별하지 않다. 냉혹하거나 잔인하지 않고 실수도 하고 인간적
인 감정도 드러낸다. 소설보다 더 극적인 영화는 보험회사 세일즈
맨인 주인공을 장래가 유망한 젊은 하원의원 데이비드로 바꾸고,
무용수 엘리스를 등장시켜 일과 사랑 사이에서 인간의 자유의지

를 시험했다. 시험은 선거운동 도중에 학창시절 악행이 밝혀져 낙선이 확실시 되자 패배 연설을 준비하기 위해 화장실에 들어간 데이비드가 엘리스를 보고 첫눈에 반하는 것으로 시작한다.

뭔가 이상하다. 다시 만나고 싶고, 가까워지고 싶지만 잘 되지 않는다. 보이지 않는 어떤 존재가 방해하고 있는 것 같다는 느낌. 그 느낌은 맞다. 조정국에서 계획한 '단 한번 만남'이었기 때문이다. 데이비드와 엘리스의 사랑은 조정국이 의도한 미래가 아니다. 그들은 누구라도 자유의지를 고집해 자신들이 만든 미래설계대로 움직이지 않으면, 즉각 우연을 가장해 제자리로 돌려놓는다. 데이비드에게도 그렇게 했다. 그런데 아뿔싸! 요원의 실수로 데이비드와 엘리스는 다시 만나고, 둘은 사랑의 감정에 빠져든다. 엘리스와의 만남은 물론이고 과거 부모의 죽음, 대학진학과 정치적 성공과 실패, 심지어 친구들까지 그들의 조종이란 사실을 알게 된 데이비드가 선택할 수 있는 길은 두 가지다. 순순히 그들을 따라 대통령이 되는 안전한 성공의 미래로 갈 것인가, 그들의 온갖 방해공작으로 실패할 확률이 큰 위험한 사랑을 고집할 것인가.

그는 고민한다. 그리고 우리를 대신해 인간의 진정한 존재가치가 어디에 있는지 보여준다. "중요한 건 내가 누구냐는 것이다. 나는 내 운명을 선택할 권리가 있고, 난 그녀를 선택했다"고 소리친다. 조정국이 최후의 방법으로 엘리스의 미래를 가지고 협박하지만, 그녀를 사랑하는 그의 마음까지 바꾸지는 못한다. 그 마음으로

인간은 스스로 운명을 개척하는 존재이니까. 〈컨트롤러〉는 왜 누군가가 인간의 현재는 물론 미래까지 하나하나 계획하고 통제한다고 상상했을까. 자유의지에 대한 불신이다. 전쟁과 학살, 부패와 차별을 반복한 역사가 말하듯 인간이 그동안 자유의지를 올바르게 사용하지 못했다는 것이다.

이성으로 욕망을 통제하지 못하는 인간에게 자유의지는 아무 의미가 없다. 인간은 여전히 불완전한 존재이지만, 스스로 그 과정을 통해 성장하고 발전한다. 원동력은 '사랑'이다. 순수한 마음과 의지로 누군가를 진실로 사랑하는 것이야말로 자유의지가 아니면 불가능하다. 자유의지가 없는 인간은 로봇이나 인형과 다름없다. 그래서 누군가 그것을 뺏으려 한다면 외계인이든, 초능력자든, 사이비 교주든 데이비드처럼 용감히 맞서 지키려 한다. 삶과 미래는 자신이 직접 계획하고 만들어야 가치가 있다. 대한민국을 분노와 절망과 치욕에 빠뜨렸던 사악한 '컨트롤러'와 그 밑에서 자유의지를 포기한 대통령과 그 하수인들과 달리 자유의지가 살아있는 국민이 있었다는 것이 다행이고 자랑스럽다.

# 동물을
# 사랑하는 마음에는

진돗개 한 마리를 입양했다(이 말이 마음에 들지 않지만, 모두 그렇게 말하니 할 수 없이 쓴다). 백구와 황구 사이에서 태어난 강아지다. 난생 처음이다.

아내와 아이들이 그동안 수도 없이 개나 고양이를 기르자고 애원해도 완강히 거부했다. "개나 고양이를 집에 들이면 내가 집을 나가겠다"는 협박까지 서슴지 않았다. 그러니 다른 동물은 말할 필요도 없다.

유난히 동물을 싫어하거나, 알레르기가 있어서도 아니었다. 핑계 같지만 일단 한 번 데리고 오면 끝까지 책임져야하는 게 너무 힘들고, 무엇보다 그렇게 살다가 죽는 모습을 보는 것이 너무 마음 아프고 싫어 지레 그런 일을 피하고 싶었기 때문이다. 인간이나 동물이나 '죽음'의 의미와 슬픔은 마찬가지니까. 더구나 아파트에서 사람과 동물이 함께 생활하기는 정말 싫었다.

　한편으로는 지나치게 동물에 관심과 애정을 쏟는 사람들의 모습이 마뜩찮아서 그런 건지도 모른다. "세상에 아프고, 고프고, 외로운 사람들도 얼마나 많은데…" 이런 마음이니 고운 시선일 수가 없었다. 그래서 두 가지 조건을 달았다. '마당 있는 집'과 '진돗개나 삽살개'였다. 은퇴 후, 늙어서 귀향이나 하면 모를까 서울에서 마당 있는 집은 언감생심이고, 마당에서 키워도 되는 진돗개나 삽살개도 쉽게 구할 수 있는 것은 아니니 사실상 키우지 않겠다는 생각이었다.

　세상사 무엇도 함부로 장담할 일은 아니다. 아내가 유방암치료를 받고 난 후 공기 좋은 곳을 찾아 지인이 살던 북악산 중턱에 자리잡은 단독주택으로 이사를 왔고, 겨울산책을 나갔다 멋들어진 진돗개를 보았다. 지나가는 말로 "이런 개라면 나도 키우고 싶다"라고 했더니, 그 주인이 선뜻 "내년 봄에 강아지 한 마리 주겠다"고 하는 게 아닌가. 물론 기대하지 않았다. 처음 보는 이웃이고 어디 사는지도 몰랐다. 그렇게 겨울은 지나갔다. 그런데 지난해 봄 정말 그 이웃이 강아지 한 마리를 가져왔다. 뱉아 놓은 말이니 거절할 수도 없고, 아내와 아들이 너무 좋아해서 '동이'라고 이름 지어주고 기르기 시작한 강아지는 작은 마당이 좁다고 뛰어다닌다.

　강아지를 자랑, 사랑을 이야기하려는 것이 아니다. 반려견(이 말 역시 누가 만들었는지 모르나 마음에 들지 않는다)이 있으면 좋은 점을 늘어놓을 생각도 없다. 강아지를 키우면서 마음이 무겁다. 오로지 엄마 아빠만 쳐다보는 아이를 키우는 것과 너무나 비슷하기 때문이다. 그래서 더욱 어떤 것이, 어떻게 하는 것이 '사랑'인지 고민하게 만든다.

부모들은 아이들에게 가장 많은 사랑을 준다고 생각한다. 그렇다. 부모만큼 자식에게 헌신적인 존재는 없다. 그것은 동물들도 마찬가지다. 그러나 또 세상에 부모만큼 자식에게 상처를 주는 존재도 흔치 않다. 그것을 모르거나 부정할 때 부모는 자식을 힘들고 불행하고 만들고, 자식은 부모를 원망한다. 그 상처는 사랑으로 저지른 강요들이다.

강아지에 대해 아무것도 몰라 이리저리 물어보던 중에 누군가 EBS TV의 〈세상에 나쁜 개는 없다〉를 보라고 권했다. 정말 온갖 문제를 갖고 있는 개들이 나오고, 그런 개를 '개통령'이란 별명을 가진 조련사 강형욱씨가 나타나 도와준다. 어릴 때 아버지가 강아지 공장을 해 그곳에서 비참한 생활을 하는 개들을 보고 누구보다 상처를 많이 받았고, 그래서 어쩌면 지금 누구보다 강아지를 사랑하게 된 그를 만나면, 말썽을 부려 주인을 속상하게 하던 개도 달라진다. 문제의 원인을 금방 파악하고는 바로 잡아주는 강형욱을 보고 주인은 물론 시청자들도 감탄한다. 경험과 지식에 차이는 있기는 하나 그렇다고 그가 특별한 비법을 가지고 있는 것도 아니다.

물론 TV니까, 생략과 과장도 있을 것이다. 그럼에도 불구하고 그에게는 개 주인이 갖고 있지 않은 것이 있다. 개의 마음과 시선이다. 어떤 상처가 있었기에 유난히 목줄을 싫어하는지, 왜 주인에게 반항이라도 하듯 집안을 난장판으로 만드는지 알고 그 상처를 쓰다듬어준다. 동물이라고 그 마음을 모를 리 없다. 반려는 동반자, 짝, 동무라는 뜻이다. 같은 길을, 같은 마음을 가지고 평생 함께 가는 사이라는 얘기다. 사람이 아닌 개라고 다를 수 없다. 내가 원하는 대로 가지 않는다고 버리거나 억지로 끌고 간다면 '반려'란 말을 쓰지 말아야 한다.

강형욱은 "동물을 사랑하고 존중할 줄 아는 사람이 사람도 존중하고 사랑한다"고 말한다. 강아지 '동이'와 함께 하면서 깨닫는다. 그리고 후회한다. 나의 자식 사랑이 얼마나 이기적이고 잘못되었는지. 그로 인해 아이들이 받은 상처가 얼마나 큰지. 아들과 강아지가 자꾸만 닮아 보인다. "동이를 대하는 것을 보면 아버지가 어릴 때 나에게 어떻게 했는지 알 수 있다"는 아들의 말이 가슴 아프다.

# 작지만
# 소중한 것들

## 마을도서관

꿈이 하나 있다. 은퇴 후, 고향 마을에 도서관을 짓는 것이다. '도서관'이라고 하니 거창한 것 같지만, 아니다. 스무 평 정도의 아담한 작은 마을도서관으로 꾸미려고 한다. 다행스럽게도 나에게는 이를 위한 두 가지 '행운'이 있다. 하나는 책이다. 6,000여 권이 있다. 책과 가까이 해온 기자생활이 도움이 됐다. 지금 생각하면 이사를 다니면서 때론 집이 좁아, 때론 읽어서 더 이상 필요 없다고 생각해 버린 그만큼의 책들이 너무 아깝다. 또 하나는 고향에 할아버지가 살던 집이다. 오랫동안 사람이 살지 않아 지금은 흔적조차 없지만 터는 그대로다. 넓지는 않지만 '작은 도서관' 하나는 충분히 지을 수 있다. 위치도 마을이 한눈에 보이는 작은 뒷산자락에 자리 잡고 있어 적당하다.

경상북도 북부지방의 내 고향은 농촌 인구감소에도 불구하고

80호 가까이 사는 제법 큰 마을이다. 퇴계 후손인 진성이씨 집성촌으로 아직도 유림儒林의 풍모가 남아있다. 정부에서 '장수마을'로 지정할 만큼 공기 좋고, 주변 풍광도 빼어나다. 고풍스러운 기와집도 여럿이다. 얼마 전에는 한동안 텅 빈 공간이었던 70년 역사를 자랑하는 교회가 리모델링을 해 새로 문을 열었다. 어린 시절, 그곳에서 크리스마스 때마다 구호물자로 나온 겨울옷을 한 벌씩 받아 입은 기억이 생생하다. 이렇게 전통과 현대가 공존하는 곳, 우리의 정신과 서양의 종교가 오랫동안 함께 해온 고향을 감싸 안을 작은 도서관을 만들고 싶다. 서당 같기도 하고, 큰 사랑방 같기도 한.

그곳에 동화부터 고전에 이르기까지 가지고 있는 책들을 꼽아 놓고, 해마다 새로 출간되는 좋은 책들을 조금씩 보태고, 주변 마을사람들까지 자유롭게 찾아와 책을 읽고, 빌려간다면 얼마나 좋을까. 책값이 부담스러운, 또 연로해 멀리 읍내에 있는 도서관까지 다녀오기가 쉽지 않은 어른들에게 조금이나마 즐거움을 줄 수 있다면 좋은 일이다. 도서관이 책이나 빌려주고, 읽는 곳에서 벗어난 지 오래다. 바둑도 두고, 가끔은 마당에 스크린을 설치해 영화도 상영하고, 마을 어른들이 모여 차 한 잔 마시며 고전 강독과 서예도 하고, 다문화가정 아이들에게 우리의 전통문화와 예절도 경험하게 해주고. 그야말로 세대와 시대를 아우르는 마을의 작은 복합문화공간이 되었으면 한다. 굳이 이름을 붙이자면 '작은 향교'라고 할까. 별나거나 새로운 것도 아니다. 이런 작은 마을도서관이 전국에 6,000개 가까이 있다. 대도시라고 필요 없지 않다. 오히려 더 많다. 서울에만 1,000여개다. 색깔과 모습도 제각각이다. 가지고 있는 책도 다르고, 운영방식도 다르고, 프로그램도 다르다. 지역과 마을의 환경, 그곳에 사는 사람들에 따라 특색과 개성을 살렸다. 독서의 소파에 눕거나 기대어 만화책만 읽을 수 있고, 노인들이 많아 치매예방과 극복을 위한 프로그램을 운영하는 동네 도서관도 있다.

서원, 향교, 고택 등 역사적 공간과 결합한 작은 도서관도 하나 둘 생겨나고 있다. 조선 고종황제의 서재이자, 외국사신 접견 장소로 사용하던 경복궁의 '집옥재'도 작은 도서관으로 문을 열었다. 이렇게 작은 도서관들이 저마다의 색깔로 이웃들과 함께 한다면 국민의 삶도, 마음도 더 풍요롭고, 깊어질 것이다. 물론 작

경북 청송 마을도서관 나눔

은 도서관들 모두가 국민 독서의 뿌리, 마을공동체와 문화활동
공간의 역할을 다하고 있는 것은 아니다.

부실한 자료와 프로그램으로 외면 받는 곳도 있고, 사회공헌
차원으로 운영하면서 재정적 어려움을 겪고 있는 곳도 많다. 그
러나 분명한 것은 작은 도서관들이 전반적인 책읽기 문화를 자극
하고, 나이가 들수록 책으로부터 멀어지는 '독서 양극화' 현상을
줄일 수 있다는 것이다. 문화공간으로서 공동체의 소통과 화합에
도 도움이 될 것이다. 책도, 문화도 가까이 있지 않으면 손에 잡
거나, 즐기지 않는다.

동네마다 노인정이 있다. 그곳에 무엇이 있고, 노인들이 무엇
을 하고 있는지 보라. 형식적으로, 책장 하나에 아무도 읽지 않은
낡은 책 몇 십 권이 꽂혀 있다. 그보다는 작은 도서관이 나을지
모른다. 고령화시대에는 육체도 건강해야 하지만, 갈수록 늘어나
는 치매가 말해주듯 정신 건강도 그에 못지 않게 중요하다. 책 읽
는 시간만이 지켜줄 것이다. 훗날, 나의 작은 도서관도 그 시간을
주고 싶다.

## '언노운'의 클리닉과 '심야식당'

벨기에 리에주 빈민가의 작은 클리닉. 손바닥 크기의 환자대기
실과 가파르고 좁은 계단을 내려가야 하는 서너 평의 진료실이 전
부다. 간호사도 없다. 젊은 여의사 제니 혼자 석 달 동안 임시로

환자들을 진료한다. 어느 날 한 흑인소녀가 인터폰을 누른다. 그
것도 진료시간을 1시간이나 넘겨서. 제니는 문을 열어 달라는 소
녀의 간청을 무시했다. 안 그래도 그 시간까지 발작을 일으킨 소
년을 응급처치 하고 있던 참이라 순간적으로 "의사는 쉬지도 말
란 거야"라는 생각이 들었기 때문이다.

아무 일도 일어나지 않았다면, 기억조차 못하고 지나갔을 것이
다. 그러나 다음날 경찰로부터 그 흑인소녀가 변사체로 발견되었
다는 이야기를 듣는 순간, 제니는 죄책감에 사로잡혀 자문한다.
"너는 정말 그 죽음에 아무 잘못이 없느냐"고. 사실 자체만 놓고
보면 그녀는 아무 잘못이 없다. 진료시간이 한참 지났기 때문에
문을 열어주지 않았고, 응급환자도 아니었다. 누구도 그녀에게
잘못했다고 말하지 않는다. 경찰조차도 "그때 문을 열어주었으면
살 수도 있었을 텐데"라는 그녀에게 "선생이 죽인 건 아니지 않느
냐"며 잊어버리라고 말한다.

제니는 그렇게 못했다. 세상은 그녀에게 괜찮다고 하지만, 그
녀는 누군지도, 무엇 때문에, 어떻게 죽은 지도 모르는 소녀의 행
적을 찾아 나선다. 큰 사명감이나 신념으로 매달린 것은 아니다.
자기 양심의 소리에 귀를 기울이고, 움직였을 뿐이다. 이 젊고 작
은 여의사의 선택을 통해 벨기에의 거장 다르덴 형제 감독의 영
화 〈언노운 걸〉은 우리에게 묻는다. "우리 모두가 일상에서 무심
히 지나가거나, 무시하거나, 당연하다고 여기는 것들이 정말 그

런가?"

젊은 여의사가 알고 싶은 것은 두 가지였다. 소녀가 누구이고, 왜 죽어야만 했는지. 이름도 모른 채 지나가면 가족조차도 비극적 죽음을 모르기 때문이다. 영화에서 눈길을 끈 것은 '작은 클리닉'과 의사 제니의 모습이다. 동네가 동네인 만큼 환자 대부분이 독거노인들, 어렵게 생계를 꾸리는 이혼녀와 그 자녀들, 아니면 일용직 노동자들이다. 불법 체류자들도 온다. 제니는 동네에 사는 사람이라면 가리지 않고 내 할머니, 내 언니, 내 조카처럼 그들을 정성껏 치료해 준다.

클리닉만 고집하지 않는다. 집이 코앞이지만 그조차 걸어 올 수 없는 노인들이 시시때때로 전화를 하면 근무시간과 상관없이 왕진가방을 들고 달려간다. 한마디 불평, 귀찮은 표정도 없다. 그렇다고 진료비가 비싸거나 왕진료를 받는 것도 아니다. 당뇨환자를 대신해 복지국에 전화로 복지카드 충전까지 해준다. 그런 그녀에게 한 소년은 친구와 함께 '우리동네 의사선생님'이란 곡을 만들어 불러준다. 큰 의료센터 근무까지 포기하고 가난한 동네

'작은' 의사로 남아 외롭고 아픈 사람들의 친구, 이웃으로 살아가는 그녀의 모습이 아름답고 부럽다. 우리 역시 곳곳에 빈곤, 소외와 아픔으로 신음하는 사람들이 사는 동네가 있으니까. 거동조차 불가능한 노인도 있고, 벨기에처럼 아무리 아파도 자기 나라로 추방당할까 두려워 병원에 못가는 불법체류노동자들도 많다. 〈언노운 걸〉은 우리가 익숙해져서 괜찮다고 생각하는 것들을 성찰하게 한다. 우리에게도 있다고, 우리도 같다고 착각해서는 안 된다. 어디에, 어떤 모습으로 있느냐가 중요하다.

우리 동네 가난하고 늙고 소외된 사람들에게 병원과 의사는 여전히 멀다. 그들에게 절실한 것은 시설 좋고 뛰어난 능력을 가진 의사들이 즐비한 종합병원이 아니다. 문만 열면 갈 수 있는 작은 병원, 집안사정은 물론 평소 버릇까지 훤히 알고 있고 전화 한통이면 언제든 달려올 수 있는 가족과 친구 같은 의사이다. 〈언노운 걸〉에서 제니가 대기실로 올라와서 팔순 할머니의 가방까지 들어주면서 부축해 천천히 진료실로 내려가는 마지막 장면이 오래 남는다.

사회가 고령화, 개인화, 파편화 될수록 사람들은 작지만 친숙한 것들을 원한다. 작은 것들이 여기저기서 숨을 쉬어야 편안하고 여유롭다. 그런데 우리는 역주행이다. 기업도, 마트도, 병원도, 극장도, 식당도 모두 커야 한다. 커야 산다. 그 많던 동네 작은 교회들도 대부분 문을 닫았다. 이웃집처럼, 노인정처럼 언제든 가서 쉬

고, 서로 마음을 나눌 수 있는
곳이야말로 삶에 지치고, 늙
고 외로운 사람들의 '영혼의
쉼터'가 될 것이다.

좁고 낮으면 어떤가. 가난
하면 어떤가. 그곳에 사랑과
평화가 있고, 진솔한 묵상과
기도가 있고, 고민과 아픔을
치유하는 '힐링'의 손길이 있
다면. 늘 가던 동네 '작은 식
당'에서 주인이 직접 만든 음식을 함께 먹고, 단골손님들과 어울
려 대화를 나누는 것이 삶을 풍요롭게 만든다. 영화 〈심야식당〉
에서만이 아니다. 실제로 일본에는 늘 그 자리에 있으면서, 동네
단골들이 원하는 음식이면 마스터가 자기 먹을 음식을 만들 듯 요
리해서 주고, 허물없이 정情과 사연을 나누는 작은 식당들이 시골
은 물론 도쿄와 오사카에도 골목마다 어김없이 살아있다.

다행스럽게도 우리도 '가까우면서 작은 것'들의 의미와 소중함
을 조금씩 알아가고 있다. 동네 곳곳의 작은 우체국, 작은 공원,
작은 카페, 작은 식당. 작은 것은 작은 사람들을 위해 존재한다.

〈언노운 걸〉의 클리닉, 〈심야식당〉의 매시야밥집처럼 언제든
'문'을 열고 가난하고, 외롭고, 아프고, 늙은 이웃들부터 따뜻이

맞아주는 곳이 되어야 한다. 세상에는 그런 사람들이 늘 더 많다.

## 파출소와 코방

일본 미스터리 소설의 대가인 사사키 조의 〈경관의 피〉는 경찰소설의 걸작이다. 1948년부터 2007년까지를 배경으로 아버지, 아들, 손자로 이어지는 경찰관 삼대의 삶과 죽음, 긍지와 고뇌, 가족애를 서사적 전개와 추리기법으로 치밀하게 그려냈다. 2009년 아사히 TV 개국 50주년 기념 특집드라마로도 만들어져 방영되었고, 우리나라에서도 번역·출간되었다. 이 소설의 또 다른 매력은 세밀한 관찰로 담아낸 시대적 정취에 있다. 주인공들은 오사카 남쪽의 유명한 사찰인 덴노지 부근 한 파출소에 시

출처: 자전거생활

대를 이어가면서 근무하는 사람들로, 그들의 일상은 가장 가까이에서 주민의 안전을 지켜주는 파수꾼이자, 친근한 인생의 상담자이고, 다정한 이웃이다. 아무리 사소하고, 귀찮고, 자신의 역할과 상관없는 것이라도 마다않는다. 전후 부흥시대에 경찰관이었던 아버지 세이지는 어느 집에 누가 사는지, 식구가 몇인지, 집안형편이 어떤지 모두 알고 있다. 어느 집 아들이 어느 학교에 다니고, 얼굴만 보고도 무슨 일이 있었는지 짐작한다. 하루에도 몇 번씩 마을을 돌아다니며 사람들과 만나고, 이야기하는 이웃이 되었기 때문이다. 파출소는 상담소이자, 대피소이고, 휴식의 공간이다. 아들 다미오나 손자인 가즈야의 모습도 다르지 않다. 시대가 바뀌어 많은 것들이 변했고, 세상은 험악하고 복잡해졌지만, 여전히 다정하고 든든한 이웃이다. 파출소는 언제든, 무슨 일이든 받아주고, 도와주고, 나누는 공간이다. 소설에서만 그런 것이 아니다. 예나 지금이나 실제로 그렇다.

　일본 동네마다 보이는 코방交番:파출소의 속칭이다. 두 사람이 들어갈 정도로 작은 곳이 있는가 하면, 제법 번듯한 2층 건물까지 크기도 모양도 제각각이지만 그곳에 근무하는 경찰관들이 하는 일은 같다. 교통정리, 치안유지, 긴급출동, 범인 검거는 당연하고 누가 물어도 길 안내해주고 심지어 자전거 바퀴의 바람도 넣어준다. 차비까지 빌려주는 경찰관도 있다. 코방에 없을 때는 화상으로 바로 통화가 가능하고, 전직 경찰관으로 구성된 '코방 상담원'과 무엇이든 의논

할 수 있다. 코방은 하나의 작은 문화, 예술, 관광의 공간이기도 하다. 도쿄에 가보면 우선 건물의 형태부터 다양하고 개성적인 코방들을 만날 수 있다. 주변에 벚꽃이 가득한 친환경 코방, 친서민적인 디자인의 코방, 유명한 건축가가 예술적 감각을 살린 코방, 최첨단 디자인과 소재의 코방. 같은 모습이 하나도 없다. 코방 순례만 해도 충분히 재미있는 '관광'이다. 겉모습만 그런 것이 아니다. 기본적인 임무를 제외하면 건물만큼이나 역할과 기능도 저마다 다르다. 수화를 하는 경찰관이 있는가 하면, 코방마다 동네 특성과 역사를 담은 홍보물과 그림, 캐릭터와 프로그램을 갖추고 있다. 밤에는 코방에서 대형 조명등을 밝혀 마을주민들에게 축제의 공간을 만들어주기도 한다.

　일본의 파출소인 '코방'과 그곳 경찰관들은 이렇게 주민들과 밀착해 소통하고, 함께 살아가는 친근한 존재가 되었다. 그 덕분에 마을의 치안도 더 좋아졌고, 덤으로 관광수입까지 올린다. 일본의 코방을 도입한 브라질의 상파울루 역시 범죄가 크게 낮아졌다. 많은 경찰관과 그들의 살벌한 감시만이 능사는 아니다. 우리의 파출소도 달라지고 있다. 나눔부엌도 만들고, 돌봄다락방도 만들어 주민들이 요리솜씨를 뽐내고, 아이들을 맡기고, 공연도 한다. 주민들의 아픔과 고민을 씻어주는 상담소, 주민들이 늘 즐겁고 편하게 찾는 사랑방이 되려고 한다. 발상의 전환이고, 일본 코방에서 보듯 경찰과 파출소가 주민들의 생활과 마음속으로 들어가는 최고의 선택이다. 잠시, 한쪽에서만의 '쇼'로 끝나서는 안 된다. 누구나 즐겁게 찾아가고, 만나면 반갑고, 안심이 되고, 무엇이든 털어놓고 상담하고, 스스럼없이 어울릴 수 있어야 한다. 일본의 코방을 부러워할 이유도, 흉내 낼 필요도 없다. 우리에게는 우리의 정서와 지역 특성을 살린 파출소, 경찰이 좋다. 시간이 걸리더라도 또 하나의 문화를 만드는.

## 내 방의 그림

법원의 최종판결은 상관없다. 남의 노래 즐겨 부르던 한 가수의 염치없는 짓과 그것에 속거나 놀아난 사람들의 해프닝이거니 치부하면 그만이다. 그러나 그 해프닝이 우리 미술의 부끄러운 현실을 오롯이 보여주었다는 점에서 조영남의 대작논란은 짚고 넘어갈 필요가 있다. 단순히 사기냐 아니냐의 차원을 넘어선 상징성이 있다. 먼저 작가로서의 양심 문제이다. 한 평론가의 말처럼 "대작代作이 관행"이라면, 그것을 정직하게 말하지 않고 있는 한국미술은 사기이고, 도둑질이다. 그 관행이 유명세를 타고 남의 손을 빌어 그린 그림을 비싼 값에 팔아먹으니까. '관행'이라고 당연히 모두 해도 된다는 것은 아니다. 잘못된 관행은 바로 잡아야 하고 그것에 편승했다면 마땅히 부끄러워해야 한다.

그림은 누구나 그릴 수 있다. 누가 그렸건 그림은 그 자체로 가치를 지닌다. 사람이 유명해서 그림도 유명해지는 것이 아니라,

그림이 유명해지면 그것을 그린 사람도 유명해지는 것이 바른 이치이다. 피카소도 그랬고, 고흐도 그랬고, 이중섭과 김기창도 그랬다. 단지 이름 있는 가수가 그렸다는 이유만으로 그 그림에도 높은 가치를 부여하는 것은 예술에 대한 천박한 인식이다. 그 천박함이 이런 해프닝을 낳았는지도 모른다.

조영남 사건은 그림을 대하는 우리의 태도와 기준 역시 얼마나 한심한지 보여주었다. 그의 그림이 그렇게 많이, 높은 가격에 팔리지 않았다면 열심히 작품을 내놓고 전시회까지 잇따라 열지 않았을 것이다. 사람들은 정말 그의 그림에 매력을 느껴 거액을 주고 샀을까? 아니면 단지 그가 그린 그림이기 때문에 산 것일까? 그림을 보는 눈은 제각각이니 단정할 수는 없지만 후자도 많을 것이다. 그들에게 그림은 과시용이다. 예술적 취향이나 그림의 예술성은 필요 없을지 모른다. 누구의 그림, 얼마를 주고 산 그림이냐가 중요하다. 그들은 벽에 그림을 걸어놓은 것이 아니라, '스타'의 이름과 돈을 걸어놓는다.

누구나 맘에 드는 그림 한두 점은 가지고 있거나, 갖고 싶어 한다. 이따금 그림을 보면서 아름다움, 상상력, 그리움, 추억, 감동을 되살린다. 그래서 그림은 정지된 화면이지만 살아있는 예술이다. 자신이 직접 그린 것이든, 아이가 유치원 시절 비뚤비뚤 그린 동심 가득한 것이든, 이름 모를 화가의 것이든, 유명 화가의 복제품이든 상관없다.

내 집에도 그림 몇 점이 걸려있다. 추상화가로 작고한 친척의 그림과 유명하지 않은 화가의 판화다. 판화는 10여 년 전 어느 전시회에서 물고기의 모습이 맘에 들어 샀다. 비싸게 사지 않았으니, 그 화가의 지금 작품의 가격에도 별 관심이 없다. 아름다움은 인기나 돈에 있지 않다. 희귀한 작품, 수 천만 원 하는 유명 그림이 아닌 정성을 다해 자신의 예술세계를 담은 작지만 살아있는 그림들이 있다. 우리나라에도 무수히 많다. 그런 그림을 그리는 젊은 화가들도 계속 나오고 있다. 당장 인사동에 있는 화랑이나 전국 미술관에서 확인할 수 있다. 그중에 맘에 드는 것 하나를 사서 오래오래 걸어두고 보면 그것이 문화와 예술이 있는 삶이고, 그림이 있는 풍경이다. 인터넷 미술 경매시장도 생겼으니 맘만 먹으면 언제 어디서든 가능하다. 그것이 침체된 우리의 미술시장과 침체된 화단에 활력을 불어넣고, 미래의 화가들의 꿈을 키워주고, 한국미술의 경쟁력을 높이는 일이라면 그야말로 '일석삼조'가 아닐 수 없다.

허영심으로 무조건 값비싼 그림만 사들인 영국 부호가 그것을 자랑하면서 기증할 곳을 묻자, 버나드 쇼는 "맹아학교에 기증하라"고 했다. 좋은 그림은 맛있는 요리와 같다. 요리처럼 그림도 재료가 무엇이든, 무엇을 그리든, 그리는 사람의 마음과 손길에서 아름다움과 향기가 나온다.

# Feeling :

# 04

# 느
# 낌

# Culture :

# 길,
# 인생을 걷다

　길은 역사다. 길은 문화다. 그리고 길은 인생이다. 길은 인간이 만든다. 누군가가 지나가고, 또 지나가야만 길은 생긴다. 길에는 수많은 사람들과 시간들이 스며있다. 사람의 발길이 끊기면 길도 사라진다. 역사도 시간도 멈춰버린다. 사람들의 발길이 끝없이 이어지지 않았다면 저 유명한 스페인의 산티아고의 순례길도 한낱 흔적으로 밖에 남아 있지 않았을 것이다.

　청년시절, 문경새재를 걸어서 넘은 적이 있다. 굽이굽이, 오르락내리락, 제1관문을 지나 제2관문을 통과해 제3관문까지 가파른 산길을 올랐다. 오르면서 과거 이 길을 오갔을 수많은 사람들을 생각했다. 유생들은 과거를 보러, 장사꾼들은 봇짐을 지고, 임진왜란 때 의병들은 창을 들고 비장한 각오로 숨이 차면 길 옆 바위에 걸터앉아 쉬고, 더우면 계곡의 시원한 물을 얼굴에 끼얹으며 이 고개를 넘었을 것이다.

　　과거에 급제한 선비는 어사화를 쓰고 기쁨에 넘쳐 이 길을 재촉했을 것이고, 낙방한 유생은 눈물을 삼키며 터덜터덜 이 길을 지나 고향으로 돌아왔을 것이다. 그들이 흘린 땀과 한숨, 환희와 절망이 길을 만들고 지켰을 것이다. 그래서 길은 저마다 모습을 가지고 있다. 같은 길도 어제와 오늘이 다르고, 맑은 날과 비 오는 날이 다르고, 여름과 겨울이 다르고, 꽃이 필 때와 낙엽이 질 때가 다르다. 지나는 사람마다 다르다. 인간이 두 발로 걷는 길은 겸손하고 부드럽다. 곡선이다. 자연에 순응한다. 강을 가로지르지도, 계곡을 뛰어넘지도 않는다. 시내를 따라, 들판의 가장자리로, 산등선과 계곡을 타고 꾸불꾸불 돌아가고 비껴간다. 길은 길로 이어진다. 아무리 작은 길도 가다보면 큰 길과 맞닿고, 큰 길도 어디쯤에서는 작은 길로 바뀐다. 막다른 길은 더 이상 길이 아니다. 우리의 인생 역시 이런 '길 위의 날들'과 같다.

기술과 문명이, 빠르고 편리함만을 추구하는 인간이 그 길의 곡선을 직선으로, 좁은 것을 넓게 만들었다. 이때 길은 오로지 이동통로일 뿐이다. 가능한 길이를 줄여야 한다. 문경새재에도 길이 4개다. 옛길 옆으로 자동차 길이 생기더니, 그 옆에 4차선 길이 다시 생겼고, 그 옆으로 다시 고속도로가 뚫렸다. 1970년대 초, 버스를 타고 먼지가 휘날리는 산허리를 돌아올라 험준한 고개를 넘을 때만 해도 '새재'의 역사는 사람들과 함께 숨 쉬고 있었다. 그러나 산 중턱에 터널을 뚫으면서부터는 '새재'는 도로표시판으로만 존재할 뿐, 표정도 느낌도 사라졌다. 표정과 색깔이 없으면 생명도 없다.

인간의 발길로 다져진 길은 느리고, 겸손하지만, 자동차 바퀴만 지나가는 길은 빠르고 맹렬하다. 고속도로가 인터넷이라면, 옛길은 종이책과 같다. 인터넷이 그렇듯 고속도로는 우리에게 효율성과 시간을 주고, 종이책이 그렇듯 걷는 길은 우리에게 자유와 사유를 준다. 느림이, 멀리 돌아가는 여유가 주는 내면의 성찰과 사색, 자연과의 대화. 그래서 걷기는 또 다른 독서라고 했다. 아무래도 좋다. 느릿느릿해도, 가다가 멈춰서도, 가던 길 되돌아와도, 샛길을 잃고 헤매도, 혼자 걸어도, 함께 걸어도. 걷기야말로 인간의 원초적 동력이다. 어떤 도구도 없이 오직 두 다리의 힘과 발바닥만으로 움직여야 한다. 어딘가를 가야만 한다면 너무나 비효율적이다. 아주 가까운 거리가 아니라면, 굽은 길을 걷는 것도 우둔한 선택인지도 모른다.

한국계 일본인 문화인류학자 쓰지 신이치는 『슬로 라이프』에서 "걷기는 그 자체에 만족하고 있는 상태이며, 느리게 사는 삶의 첫걸음"이라고 했다. 어슬렁어슬렁 산책을 즐길 때처럼, 목적과 수단의 세계에서 해방되어 무엇이든 존재할 수 있는 시간과 공간을 과연 우리가 얼마나 지니고 있는지 그는 묻고 있다. 그의 말처럼 우리는 경제척도만으로 이 귀중한 만족을 부족과 낭비라는 한마디로 정리해버리고 있는 것은 아닌지.

건강을 위해 부지런히, 숙제하듯이 걷는 사람들이 있다. 그들역시 목표가 있기에 걷기가 자유롭지 못하다. 걷다가 지치면 쉬어가고, 길 옆 이름 모를 들꽃에 한눈을 팔기도 하는 말 그대로

출처: 경북나드리 홈페이지(해파랑길)

'산책'이어야 육체와 함께 정신도 건강해진다. 꼭 천리를 다 걸을 필요도 없다. 꼭 처음부터 걸어야 하는 것도 아니다. 목적지를 정할 이유도, 한 시간에 가야할 거리를 정할 필요도 없다. 어디에서 걷던, 얼마를 걷던 그만큼이 나의 길이고 인생이다. 욕심도 버리고, 시간도 버려야만 살아있는 길을 만난다. 걷기가 강박이 되는 순간, 즐거움과 여유가 아닌 미련한 육체노동이 된다.

방방곡곡에 사람이 지나다닌 길들이 있다. 그것들이 '둘레길'이 되어 생명을 되찾고 있다. 가파른 동해안에도 '해파랑길'이 걷기를 시작했다. 부산에서 고성까지, 동해의 일출과 파도와 함께, 바다 바람 부는 모래밭과 솔밭을 지나, 생선비린내 맡으며, 역사를 따라 몇 날을 가다 쉬다 하는 2,000리 가까운 길이다. 사람들의 발길로 그 길 위에도 새로이 수많은 삶이 쌓이고, 추억이 쌓이고, 역사와 시간이 쌓일 것이다.

세상에는 빠른 길도, 느린 길도 있다. 어느 하나만을 고집할 이유는 없다. 둘 다 필요하니까. 다만 늘 목적지를 향해 남들보다 한걸음이라도 앞서려고 곧은 길, 넓은 길, 빠른 길만 선택하지는 말자. 느리고 좁고 굽은 길 위에도 인생이 있고, 문화가 있고, 역사가 있다. 사람들은 말한다. "길이 있어 그 길을 걷는다"라고. 인생이 있기에 살아간다는 얘기다. 아니다. 인생도, 길도 우리가 걸어가기 때문에 있는 것이다.

# 궁·능,
# 시간으로의 여행

여행에도 저마다의 색깔과 느낌이 있다. 같은 사람이라도 시간과 장소, 함께 하는 사람에 따라 다르다. 같은 곳을 여러 번 가도 그때마다 의미가 다른 것이 여행이다. 여행 자체가 생명을 가진 존재이기 때문이다.

여행하면 장소를 먼저 떠올린다. '어디로 갈까' 할 때, 그 '어디'는 공간이다. 그러나 때론 여행의 목적지가 시간인 경우도 있다. 지금일 수도 있고, 과거일 수도 있으며, 미래일 수도 있다. 어느 때이든 시간여행은 육체적 즐거움보다는 정신적 탐구와 사색이다. 여행에서 현재는 자연과 경제이고, 미래는 과학과 상상이며, 과거는 역사와 기억이다. 과거로의 여행인 유적지나 유물을 만나러 가는 이유는 거기에 역사와 기억이 스며있기 때문이다. 아주 가까운 여행에서 수 천 년을 만날 수 있는 곳, 궁과 능이다.

궁은 역사다. 우리가 알고 있는 역사는 궁에서 나왔다. 궐 밖

저잣거리에서도 역사는 기록되었지만, 그 흔적을 만나기가 쉽지 않다. 『지리산』의 소설가 이병주는 "역사는 산맥을 기록하고, 나의 문학은 골짜기를 기록한다"고 말했다. 산맥은 태양에 빛나지만, 골짜기는 월광에 물든다고 했다. 서슬 퍼런 역사의 냄새, 비록 왕은 없고 빈 용상만 남아있지만 우리의 운명을 가른 시간을 만나러 궁으로 시간여행을 한다. 자신들의 것만이 아니다. 이웃 나라, 먼 이국의 고색창연한 궁궐을 찾는다.

능도 마찬가지다. 왕의 무덤은 죽은 자의 공간이지만, 그 시간만은 현재이고 미래이다. 그들이 만든 역사가 시퍼렇게 살아있기 때문이다. 숲으로 둘러싸인 산속의 작은 구릉 같은 봉분을 굳이 찾아가는 것도 단지 크기를 가늠하기 위해서는 아니다. 왕을, 그가 만든 역사를 만나러 가는 것이다. 소설가 이우상은 기행문집 『잠들지 못하는 역사, 조선왕릉』에서 "말 없는 무덤은 길 없는 길, 문 없는 문"이라고 했다. 그 속에서 잠든 이를 깨워내면 온갖 역사적 공연이 펼쳐진다. 즐거운 여행이다.

그 여행만큼은 중국과 일본보다 우리가 행복하다. 서울 어디에 살아도 한 시간이면 조선의 궁궐에 들어갈 수 있다. 왕과 왕비가 살던 4대궁 경복궁·창덕궁·창경궁·덕수궁이 이렇게 가까이 옹기종기 모여 있는 나라도 없다. 자연 속에서, 자연과 함께 늙어가는 궁궐도 흔치 않다. 중국 자금성은 엄청난 '크기'만 있을 뿐, 뜰에 나무 한그루 서 있지 않고, 대전大殿은 약탈과 절도로 빈껍데기만 남았다. 일본은 어떤가. 황궁은 아직도 살아있어 쉽게 넘나들 수 없고, 막부시대 미로와 같은 궁들은 암살자들의 살기로 아직도 서늘하다. 그에 비하면 우리의 궁궐은 폭군인 연산군이 살았든, 아들을 뒤주에 가둬 죽인 영조가 살았든, 비운의 고종이 살았든 삶의 냄새가 남아있다.

그 냄새가 곧 역사이고, 시간이다. 궁과 능에 가면 신하가 되어 왕에게 말을 걸기도 하고, 그때 난폭함을 비판도 하고, 요즘 세태에 대해 상소도 올릴 수 있다. 때론 자신이 왕이 된 마음으로 역사를 다시 생각하고, 이웃과 나라의 운명을 생각해 본다. 이게 궁과 능에서의 시간여행이 주는 맛과 멋과 매력이다. 궁과 능에 높다란 담장을 쌓고, 문을 굳게 닫아두면 시간도, 생명도, 역사도 죽는다. 그곳을 현실과 연결하고, 생명을 불어넣으려면 후손들이 기꺼이 그곳으로 시간여행을 해야 한다.

사람을 만나는 것도 제각각이듯, 궁을 만나는 것도 여행자의 마음이다. 과거와 만날 마음의 공간이 얼마나 있는지, 자신을 돌아보는 지혜와 용기, 여유와 낭만이 얼마나 있는지에 따라 기왓장만 보고 지나칠 수도 있고, 창덕궁에서 1750년으로 돌아가 영조가 될 수도 있다. 별빛의 창덕궁 뒤뜰을 거닐면서 잠 못 이룬 수많은 조선 왕비들의 고뇌와 눈물을 만날 수도 있다. 그들이 속삭이는 인간적 고백에 마음을 빼앗길 수도 있다.

해마다 5월 첫째 일요일이면 전국 곳곳의 능에 누워있는 조선의 왕과 왕비들이 종묘로 외출을 한다. 제사상을 받기 위해서다. 저 멀리 영월에서 단종도 온다. 조선왕들의 합동제사인 종묘제례에서 제관은 신위를 향해 네 번 절하고, 술을 올리고, 제례악을 연주하고, 팔일무를 춘다. 이날만은 600년 조선 왕조를 어지럽힌 원한, 배신감, 애증도 모두 내려놓는다. 화합의 축제이기에 마냥 엄숙하고 슬프지 않다. 멀다고 왕들이 보지 못하고 듣지 못하는 것은 아니다. 한번 그들에게 자신의 고민도 좋고, 나라의 운명도 좋고, 뭐든 아뢰어 보라. 분명 답이 있을 것이다. 궁과 능의 여행에서만 얻을 수 있는 것이 아닌가.

# 매듭과 부채,
# 그 상징성

모든 문화유산은 나름의 의미가 있다. 그 의미를 새롭게 해석하고, 새로운 의미를 부여하는 것이 후손의 역할이다. 역사적으로 거창한 유족이나 유물만이 아니다. 아무것도 아닌 듯 무심히 오랜 역사를 내려오면서 우리 곁에 살아있는 소품들도 마찬가지다. 흔하고 익숙해 우리가 하찮게 여기는 것일수록 그 의미는 더 보편적이고 진솔할지도 모른다.

매듭과 부채도 그렇다. 매듭이 없는 나라는 없다. 부채도 세상 어디서나 흔한 물건이다. 고대부터 인간은 실과 끈으로 매듭을 만들었고, 지금도 갖가지 매듭이 있다. '매듭'은 묶음이다. 때문에 때론 그것이 속박을 상징하기도 하고, 막힘이나 마디를 의미하기도 한다. 일의 순서에 따른 결말을 대신하는 말로도 쓴다. 그리스 신화에도 나온다. '고르디우스의 매듭'이다. 그는 아시아를 정복하는 사람만 풀 수 있다는 프리기아의 수도 고르디움에 있는 전차에 복잡하게 얽혀있는 매듭을 알렉산드로스 대왕이 칼로 잘라버렸다. 그에게 매듭은 풀기 어려운 문제이다. 일본 마코토 감독의 애니메이션 〈너의 이름은〉에서 매듭은 인연을 상징한다.

이처럼 단순한 매듭에도 역사가 스며들고, 온갖 상징과 해석이 붙는다. 그뿐이랴. 창의적 발상과 심미적 감각과 만나면 아름다운 예술이 되고, 그 예술이 생활양식이 된다. 여러 색깔의 실이나 끈으로 어우러진 매듭은 한복단추가 되고, 노리개가 되었다. 지금은 팔찌, 귀걸이, 머리핀, 목걸이, 팔찌가 된다. 묶는 모양, 실과 끈의 종류에 따라 같은 그 모습이 개성적이다. 물론 매듭 자체는 특별하거나 고유한 것이 아니다. 그러나 그것이 민족정서나 문화, 일상과 만났을 때에 독창성과 다양성을 갖는다. 하나이지만 방식에 따라 저마다 모양을 가질 수 있고, 다른 색깔을 낼 수 있는 매듭이야말로 독창성과 다양성을 동시에 가진 예술이면서, 언어적 의미까지 만들어 낸 문화유산의 상징이 아닐까.

부채는 어떤가. 바람을 일으키기 위해 만든 가장 원시적 도

구의 하나로 고대에서부터 시작됐다. 재료나 모양 또한 지역마다, 인종마다, 국가마다 다를 수밖에 없다. 야자수 잎으로 만든 것도 있고, 새의 깃털로 만든 것도 있고, 동물의 가죽으로 만든 것도 있고, 종이나 천으로 만든 것도 있다. 기후에 따라, 나라와 민족의 정서와 생활양식에 따라 같은 재료라도 그 모양과 크기, 느낌이 다르다. 중국과 일본과 우리나라의 것만 비교해도 알 수 있다. 동양에서 건너간 부채가 유럽에서는 도구가 아닌 장식품이 되었다. 모양도 달라져 '브리제'라는 노송나무 모양이 인기를 끌었다. 문명의 발달로 '바람을 만드는' 도구로서의 쓸모는 적어졌지만, 부채의 독창성은 지금도 나라마다 이어져 내려오고 있다.

매듭처럼 단순히 '바람' 만드는 부채도 사람과 만나면서 '또 하나의 도구, 또 하나의 예술'이 되었다. 전통 혼례에서는 신랑과 신부가 얼굴을 가리는 의례용이 됐고, 부채가 화가와 서예가와 문인들의 아름다운 그림과 글씨, 문장을 담는 그릇이 됐다. 중국에서는 이미 4세기에 왕희지가 부채에 글씨를 썼고, 우리나라에서도 조선시대 그 유명한 화가인 정선·심사정·김홍도·김정희가 부채에 〈금강내산도〉, 〈모란투작도〉, 〈청람란도〉같은 진경산수화와 사군자의 명작들을 남겼다.

부채 역시 상징적 의미를 만들어냈다. 때론 '불난 집에 부채질'이란 속담이 말해주듯 감정이나 싸움, 상태의 변화를 더욱 부추기고, 때론 가진 것을 나누는 것이 된다. 옆 사람이 부채질을 하면 나도 시원하고, 내가 하면 옆 사람도 시원하다. 춤꾼의 손에 쥐어지면 아름다운 춤사위가 되고, 소리꾼의 손에서는 장단을 맞추는 악기가 되고, 굿판의 무당 손에 쥐어지면 혼을 부르고, 악귀를 쫓아내는 부적이 된다. 부채의 바람은 이렇게 여러 색깔과 모양으로 분다. 매듭과 부채는 어디에나 있다. 용도나 의미도 비슷하다.

언어적 상징도 크게 다르지 않다. 그렇다고 '하나'는 아니다. 이처럼 문화예술은 그 어떤 것도 '하나'일 수 없고, 또 '하나'이어서도 안 된다. 그러나 색깔 다른 실들이 모여야 매듭이 되고, 여러 개의 살이 한 묶음에서 퍼져야 부채가 되듯, 문화는 다르지만 서로 어우러질 때 더욱 커진다. 물론 그 빛깔과 모양은 매듭과 부채만큼이나 나라마다 서로 다르겠지만.

# 빛,
# 고요하지 않은 예술

'고요하지 않다. 창을 통해 들어온 빛은 같은 방에 두 번 떨어진다. 이 그림에서 일어나는 일은 이게 전부다.'

20세기 미국의 대표적 사실주의 화가 에드워드 호퍼1934~1014의 작품 〈빈방의 빛〉을 시인이자 미술가인 마크 스트랜드는 이렇게 말했다. 미국인의 일상과 상실감, 고독을 단순하면서 생경한 구도, 살아있는 밀랍인형 같은 인물, 강렬하고 경계가 분명한 색채와 명암으로 표현한 호퍼. 오스트리아의 구스타프 도이치 감독의 영화 〈셜리에 관한 모든 것〉은 그의 그림 13점을 영상과 배우들의 연기로 그대로 되살렸다. 국내 한 기업의 광고와 프랑스의 팝밴드 히프노러브가 뮤직비디오에 차용한 그의 그림에서 빛은 벽이나 물건에 착 달라붙어 있다. 그림은 마치 그 빛에서 조심스럽게 잉태되어 고른 색조로 우러나오는 듯한 인상을 준다. 그림은 빛의 감각을 지닌 형태이고, 형태를 가장假裝한 빛이다. 그림은 빛의 순간을 포착하지만 지속적이다. 흐름이 멈추었지만 마치 기억처럼 살아있고, 그 빛에 의해 그림 속의 공간과 사물도 생명을 얻는다. 그림을 때론 낯익은 것으로, 때론 낯선 것으로 느껴지게 하는 것 또한 빛이다.

빛은 '생명'의 예술이다. 신은 천지를 창조하면서 먼저 빛을 있게 한 이유도 여기에 있을 것이다. 그 생명의 예술을 세상에서 가장 크고 아름답게 빚어내는 것은 태양이다. 태양은 공간, 시간에 생명을 주고 직접 우주라는 거대한 캔버스에 갖가지 빛의 예술을 연출한다. 만물에 비추어 다양한 형태와 색채의 예술로 태어나기도 한다. 스테인드글라스에 스며든 빛은 '그림'이 된다. 체코 보헤미아의 보석처럼 투명하고 반짝이는 유리 세공품도 빛이 없으면 예술이 아닌 물건에 불과하다. 명인 김영준이 삼강기법으로 완성시킨 '항아리'도 빛을 받아들이고 반사하면서 자신의 존재가치를 드높인다. 촛불과 작은 전등이 태양을 대신하기도 한다.

어둠이 있어, 그것을 뚫고 화려한 색상의 루미나리에와 일루미네이션이 도심 고층과 그 사이의 광장에는 찬란한 입체와 조각 예술을 빚어낸다. 단순한 시각적 아름다움만이 아니다. 성탄절 호찌민 거리를 장식하는 전등은 자유와 기원이고, 1995년 일본 고베의 루미나리에에는 자연재해로 희생당한 사람들을 위한 진혼이자 살아남은 자들의 위안과 희망이었다. 해마다 도쿄 시오도메에서 열리는 카렛타 일루미네이션은 음악에 빛이 출렁이는 '삶의 찬가'

이기도 하다. 광화문광장을 밝힌 수십만 개의 촛불은 우리 국민이 염원하고 그린 민주주의의 '예술'이었다.

평창동계올림픽 개막식에서 스타디움을 하얀 메밀꽃밭으로 만든 프로젝트 맵핑은 시공을 초월한 예술이었다. 세상 모든 곳이 캔버스이고 스크린이다. 빌딩 외벽, 강, 다리, 경기장, 건물 내부 공간 등 프로젝트 맵핑이 내뿜는 빛의 예술이 갈 수 없는 곳은 없다. 빛의 책lighting book은 덕수궁의 텅 비어있는 덕홍전 벽을 고종의 서재로 탈바꿈시키고, 책상 위에는 일제가 강제로 체결한 을사늑약 무효 선언서를 펼쳐놓았다. 옆에는 딸 덕혜옹주까지 서있다. 수원 화성행궁의 낙담헌의 건물과 담장 지붕은 가을이면 형형색색의 빛으로 꽃단장을 한다. 프로젝트 맵핑은 독특한 빛의 예술로 77년 전에 문을 닫은 프랑스 프로방스의 공장과 폐교를 '빛의 채석장'으로 탈바꿈시켜 해마다 60만 명이 관광객이 찾는 도시로 되살렸다.

인간이 만드는 빛은 끝없이 진화한다. 촛불에서 전구와 형광등, 그리고 발광다이오드로light emitting diode. 그에 따라 빛의 예술도 새로운 길을 연다. 자유로이 시공간을 넘나들고, 600년 전의 천문도 별자리를 '증강현실'로 불러내서는 우리의 머리 위에 띄운다. 홀로그램은 수만리 떨어진 인간과 사물과 자연을 눈앞으로 데려와 만나고 이야기하고 감상하고 거닐게 해준다. 첨단 테크놀로지가 연출하는 빛이 '실재'를 대신하고, 드론이 그것을 어디든 데려갈 수 있는

2018 평창 동계올림픽 개막식

시대에 빛은 늘 새로운 예술이 되는 꿈을 꾼다. 태초에 만물을 빚은 빛이 있었듯이 놀랄 만큼 빠르게 그 꿈이 하나씩 이루어진다. 물론 빛의 속도만큼이나 빠르게 사라질 테지만. 호퍼의 〈빈방의 빛〉처럼 빛은 결코 고요하지 않다.

빛, 고요하지 않은 예술

# 아리랑, 그 무한한
# 자유와 변신

2011년 유네스코 한국위원회와 미즈센터가 어느 기업과 공동으로 라오스의 가난한 청소년들에게 '희망의 운동화'를 나눠주려 가는 길에 동행했다. 수도 비엔티엔에서 북쪽으로 60㎞ 밖에 떨어지지 않은 마을로 가는 길은 멀고도 험했다. 산악지대인 비포장의 좁고 굽은 길을 자동차는 엉금 엄금 기었다. 쉴 새 없이 엉덩방아를 찧으며 4시간 넘게 걸려 도착해 맨발인 아이들에게 운동화를 주고 돌아온 날 밤, 유네스코 라오스 위원회에서 감사의 표시로 일행에게 만찬을 마련했다. 비엔티엔에서 유명한, 라오스를 방문하는 외국인들도 많이 찾는 역사 깊은 전통식당에서였다.

유럽풍의 식당 정면의 무대에서는 나이 지긋한 현지 연주자 네 명이 각기 다른 라오스 전통악기로 합주를 하고 있었다. 식당에는 미국, 일본, 프랑스, 영국 등에서 온 외국 손님들로 북적였다.

음식이 나오고 식사를 하는 동안에도 무대에서 연주는 이어졌다. 라오스 음악인가 했더니 귀에 익은 멜로디들이었다. 식당을 찾은 손님에 맞춘 각국 민요나 가요였다. 연주가 끝날 때마다 그 나라 손님들이 박수를 보냈다. 궁금했다. 분명 우리가 왔으니 한국음악도 연주할 텐데. 어떤 곡일까. '대니 보이'로 영국인들의 박수를 받은 다음 이어진 곡. '고향의 봄'과 '아리랑'이었다. 머나먼 이국 땅, 그것도 우리와는 오랫동안 만남이 없었던 동남아 한 귀퉁이에서 듣는 우리 가락. 반가움에 용기를 내 무대로 나가, 음치를 겨우 면한 주제에 창피한 줄도 모르고 그들의 반주에 맞춰 맨 목소리로 '아리랑'을 불렀다. 외국 손님들까지 환호로 화답했고, 따라 부르기도 했다. 그때의 가슴 뭉클함이란. 이래서 '아리랑'이구나.

또 하나의 기억으로 남아있는 '아리랑'은 임권택 감독의 영화 〈서편제〉에서 주인공 남녀가 산길을 따라 내려오면서 어깨춤과 함께 부른 '진도아리랑'이다. '문경새재는 웬 고갠고 구부야 구부 구부가 눈물이 난다'고 흥겹게 노래하는 모습을 카메라가 마치 조용히 앉아서 듣는 듯이 롱테이크로 담은 명장면. 그 흥겨운 '아리랑' 속에 가난과 슬픔, 삶의 고단함과 실패의 아픔, 나라 잃은 백성의 설움이 스며있어 국민들의 가슴을 울렸다. 잊지 못할 '아리랑'은 하나 더 있다. 2005년 가수 조용필이 평양공연에서 피날레로 부른 '홀로 아리랑'이다. 전통민요가 아닌 대중가요로서 '아리랑'이

어서 북한주민들에게
는 낯설 수밖에 없었
다. 그러나 공연장을
찾은 7,000여 명의
평양시민들은 익숙한
노래와 가락을 대하
듯, 자신들도 모르게
지시받은 엄숙한 관

람 태도를 버리고, 후렴구를 함께 부르면서 감격스러워했다.

이렇게 '아리랑'은 누가 연주하고 불러도, 그 솜씨를 떠나 우리
에게 울림을 준다. 감정을 하나로 만든다. 단조로운 듯하면서 변
화무쌍하고, 무심한 듯하면서 울림이 깊고 넓은 민족의 정서를 고
스란히 담은 노래이기 때문이다. 오랜 세월, 우리의 살과 피에 스
며들어 역사와 삶, 기쁨과 애환이 되어버린 '아리랑'만이 가진 힘
이다. 그래서 아무리 낯설고 새로운 가사와 가락이라도 '아리랑'이
란 후렴구만 들어가면, 금세 가슴에 와닿는다.


이를 보고 구한말 미국인 선교사 헐버트는 "조선인에게 아리랑
은 쌀"이라고 했다. '아리랑'은 일제 강점기에는 나운규 영화의 주
제가로 민족독립과 저항을 상징했고, 나라 잃고 타국을 떠돌 때도
한민족의 정체성을 지켜주었다. '아리랑'을 부르면서 한마음으로

한국 축구의 월드컵 4강 진출을 응원했고, 남과 북도 올림픽에서는 하나가 되곤 했다.

우리 민족의 대표적 문화유산인 '아리랑'의 가치를 세계도 인정하고, 공감해 2012년에 유네스코 '인류무형유산'이 됐다. '아리랑'이야말로 한민족의 영원한 아이콘이자, 가장 글로벌하고 경쟁력 있는 문화콘텐츠다. 그 이유는 무엇보다 '아리랑'의 자유로움과 다양성, 변형에 있다. '아리랑'은 그 기원부터 그랬다. 하나이면서 또한 하나가 아닌, 지역과 시대와 사람마다 제각각의 정서와 가락을 가진 팔색조다. 밀양에는 밀양아리랑이 있고, 정선에는 정선아리랑이 있다. 진도사람들은 진도아리랑을 부르고, 해주사람들은 해주아리랑을 부른다. 같은 진도아리랑이라도 부르는 사람마다 자신의 마음과 처지를 노랫말에 집어넣어 불러도 여전히 '진도아리랑'이다.

'홀로아리랑'처럼 현실 상황과 바라는 꿈을 담은 가사, 현대적인 리듬으로 바꾸어도 홀로가 아닌 모두가 부르는 아리랑이 된다. 나윤선처럼 재즈와 접목시켜 프랑스인들을 매료시키는 또 하나의 아리랑도 있다. 분위기와 취향에 따라 장단과 고저를 변형해도, 심지어 랩과 결합해도 전혀 어색하지 않다. 어떤 나라의 전통악기로 연주를 해도, 어떤 노래에 들어가도 어울린다. 그러면서도 자신의 본래 모습, 그 원형을 잃어버리지 않은, 아리랑은 지구상의 어느 민족에게서도 찾아보기 힘든 명품이고 명곡이다.

아리랑 축제가 열리는 곳에 가보면 안다. 아무리 유명한 곡이라도, 아무리 여러 가지 변주를 하더라도 그 하나로 오로지 축제와 콘서트를 꾸민다는 것이 가능이나 한 일인가. '아리랑'은 얼마든지 가능하다고 자신 있게 말한다. 오케스트라와 전통악기, 국악인과 성악가와 대중가수, 피아니스트와 무용가가 아무런 어색함 없이 '아리랑' 하나로 서로 만난다. 서로 다른 느낌과 색깔, 역사와 삶의 무늬를 가진 지역 아리랑들이 어색함 없이 한자리에 모인다.

밀양아리랑과 진도아리랑은 오케스트라와 어울리고, 아리랑 랩소디와 환상곡도 무대에 오른다. '아리랑'이 타악기 퍼포먼스가 되기도 하고, 성악가의 가곡이 되기도 한다. 그러나 그것은 결코 하나가 아니다. 같은 것의 지루한 반복도 아니다. 각각의 음악이고, 장르이고, 문화콘텐츠다. 그러면서 마지막에는 객석까지 하나가 되어 합창으로 끝나는 '아리랑', 이렇게 '아리랑'은 무한한 변주와 창조성과 독립성, 융합의 힘으로 긴 세월 이어져왔고, 세대와 지역을 넘어 널리 퍼져나가면서 우리 민족뿐만 아니라 인류의 소중한 유산이 됐다. 영국은 비틀스로 세계를 노래하게 했다. 우리도 어쩌면 가능할지도 모른다. 점점 매력적으로 진화하는 '아리랑'이 있으니까.

## 한글, 또 하나의 가능성

'집안이 가난해지면 어진 아내가 생각나고家貧則思良妻, 나라가 어지러우면 어진재상이 생각난다國難思賢相.'사마천이 『사기史記』에서 한 말이다. 사람은 이렇듯 평안할 때보다 어려움이 닥쳤을 때 더욱 간절하다. 나라가 위기에 처했을 때 뛰어난 장수가 더욱 간절한 것도 마찬가지다. 그러나 예나 지금이나 '어진 재상'과 '뛰어난 장수'에 앞서 지혜롭고 현명한 '왕'이 있다면 이보다 더 좋은 일은 없다. 우리 역사에서 그런 왕을 꼽으라면 십중팔구 세종대왕이다. 누구보다 백성을 진정으로 사랑하는 '애민정신'을 평생 실천했기 때문이다. 한번 보라. 정치 · 경제는 물론 사회 · 문화 · 과학 등 모든 분야에 그의 '애민'이 스며있지 않은 것이 있는지.

그 중에서도 가장 대표적인 것은 인류 역사에서 가장 우수하고 독창적인 문자로 1997년 유네스코 세계 문화유산으로 등재된 훈민정음이다. '나라의 말이 문자와 서로 맞지 않아 모든 백성들이 서로 쉽게 소통하지 못하는 것을 불쌍히 여겨 쉽게 쓸 수 있도록' 글자를 만들었으니. 인류 역사에서 어느 왕이 이런 일을 했는가. 복잡한 모음체계가 점 · 과 두 개의 선 -, ㅣ의 조합으로 모두 가능하다. 게다가 이 세 글자에는 '하늘天, 땅地, 사람人'이란 철학적이고 우주적인 의미를 담고 있다. 이렇게 간단하고 쓰기 쉬운 모음 결합체계와 깊은 의미는 세계 어느 문자에도 없다. 가장 복잡한 것을 가장 간단하게 끝내는 가히 천재적 발상이라고 할 수 있다.

누군가 그랬다. "한글이 오늘날 휴대폰에서까지 그 위력을 발휘할 줄은 몰랐다"고. 실제로 글자가 많고 복잡해 한 자판에 서너 자씩 넣어야 하는 영어나 일본어와 달리 한글은 자판이 남아돈다. 세종대왕의 선견지명이라면 지나친 상상일까.

한글의 우수성에 세계 언어학자들이 열광하고, 한류 열풍으로 세계 곳곳에서 젊은이들이 현지 세종학당을 찾아, 한국에 와서 한글 배우기에 열중하는 것은 당연하다. 알면 알수록 빠져들 수밖에 없을 만큼 〈훈민정음 해례본〉에 상세히 담은 창제 배경과 글자의 과학적 원리와 독창성과 효율성, 글자의 모양이 가진 시각적 아름다움과 다양성. 어느 하나 매력적이 아닌 게 없다. 우리만 잘 모르고 있거나, 무심했을 뿐.

문자로서의 역할만이 아니다. 과학성과 창조성, 결합성은 '디자인'으로도 매력적이다. '쉽게 익혀 편히 쓰니: 배려와 소통의 문자'와 '전환이 무궁하니: 디자인으로 재해석된 한글의 확장성'이란 두 공간으로 나눈 국립한글박물관의 세종대왕 탄생 620주년 기념 특별전2017년도 이를 확인시켜주었다. 한글의 디자인화는 새로운 것이 아니다. 이미 원형 느낌을 살리면서도 현대적 세련미를 더한 그림과 조각, 옷과 가구, 각종 관광 상품을 통해 그 매력과 독창성을 입증하고 있다.

세종대왕 탄생 620주년 기념 특별전, 2017.

　이렇게 한글은 문자로서 세계화뿐만 아니라, 예술적 변주와 다
양한 디자인을 통한 문화콘텐츠로서 무한한 가능성을 가지고 있
다. 일본이 그들의 고유한 회화의 생활화로 자포니즘을 세계에
유행시켰듯이, 우리도 한글 하나로 그렇게 할 수 있다. 지나치게
호들갑을 떨지 않는다면. 한글 창제에 담긴 세종의 '애민'을 팽개
친 '욕심'에만 매달리지 않는다면.

# 응원,
# 문화다!

'광장'은 소통과 나눔의 열린 공간이다. 우리는 그곳에서 한 색깔의 옷을 입고 모여서는 응원으로 하나가 되곤 했고, '또 하나의 문화'를 만들었다. 누구도 강요하지 않았고, 누구도 막을 수 없었다. 최인훈은 소설 『광장』에서 인간은 자신의 밀실에서만 살 수 없고 광장으로 이어져 있다고 했다. 그러나 우리의 광장은 한동안 텅 비어 있었고 죽어있었다. 정치가 죽인 그곳을 스포츠가, 응원이 사람들로 가득 차게 했다. 거기에는 아무런 경계나 구별이 없고, 다툼이 없기에 우리에게 소중한 문화가 됐다. 비록 몇 시간에 불과하고, 끝나면 사람들은 광장을 떠나 각자의 밀실로 들어가 문을 닫아버릴지라도.

월드컵이 열리면 대한민국은 붉은 물결의 함성으로 가득하다. 거리와 광장의 대형 TV화면 앞에서 하나가 된다. 올림픽이나 아시안게임 때도 그렇다. 그곳에서는 이념도, 지역도, 나이도, 성

도 없다. 남녀노소가 어울려 환호한다. 꼭 이겨야만 즐거운 것도
아니다. 그곳에서 사람들은 소통과 공동체의식을 확인했으며, 춤
과 노래가 어우러지는 축제를 만들었다. 2002년 한·일 월드컵
에서 시작한 그 응원이 문화가 됐다. 문화가 별건가. 사람들이 있
고, 그들 모두가 기꺼이 즐기는 놀이와 느낌이 있으면 문화다. 광
장에서의 어울림은 스포츠를 넘어 자연스럽게 세상으로까지 향했
다. 그리고 세상을 바꾸기도 했다. 광장과 거리만 그런가. 경기장
의 관중석도 문화와 놀이의 공간이 된지 오래다. 한국프로스포츠
협회가 재미있는 보고서를 냈다. 국내 프로스포츠 4대 종목인 축
구, 야구, 남녀 농구와 배구의 62개 구단 관람객 20,621명을 대
상으로 실시한 '2016 프로스포츠 관람객 성향 조사' 였다. 여기
서도 관람객들이 프로스포츠에서 가장 만족을 느끼는 것은 '응원'

응원. 문화다

이었다. 요인별 만족도 조사에서 '팀 응원문화'는 100점 만점에 68.9점으로 최고 꼽혔다. 전체 평균보다 무려 8.1점이 많았다. 팀의 승리와 성적, 좋아하는 선수의 출전도 중요하지만 치어리더의 화려한 율동과 응원단장의 호쾌한 구호, 응원가에 맞춰 다채롭게 펼쳐지는 단체응원, 다양한 응원도구와 유니폼 패션 등이 경기장을 더욱 재미있고 매력적으로 만든다.

관중석을 남성들이 독점하던 시대도 옛날이다. 유난히 여성 팬이 많은 남자배구와 농구는 말할 것도 없고, 야구 관중도 42.9%가 여성이다. 축구도 30%나 된다. 프로야구 두산은 여성이 절반을 넘어섰다. 승부에만 집착한 플레이와 맹목적 응원이 아닌 선수와 관중, 관중과 관중이 순간순간 펼쳐지는 승부의 순간을 서로 공유하고, 긴장과 이완이 출렁거리는 경기장 특유의 분위기를 여성들도 즐길 줄 안다. 모든 문화가 그렇듯, 응원문화도 하루아침에 만들어지지 않는다. 우리 팀, 우리 선수만 잘하기를 바라고, 상대를 마구 짓밟으려는 응원은 문화가 아니고 폭력이다. 우리의 프로야구도 초기에는 그랬다. 지역 연고팀에 대한 지나친 애정과 승부욕에 집착한 나머지 폭력과 욕설, 집단행동으로 경기장을 살벌하게 만들고, 원정팀 선수들을 불안에 떨게 하기도 했다.

열정이 아무리 뜨거워도 경기장을 전쟁터로 생각하는 독일의 훌리건들에게는 아무도 '문화'를 붙여주지 않는다. 실수와 패배에도 격려와 위로의 박수를 보내고, 상대의 멋진 승리도 기꺼이 축하해주는 미덕과 아량이 있어야 한다. 스포츠 본래 정신과 의미, 승리보다 값진 것들을 발견하고 느끼는 눈과 가슴을 가져야 한다. 결과보다는 최선을 다하는 것을 더 아름답고 값지게 생각하고 그것을 즐길 줄 아는 것. 수준 높은 관중, 성숙한 응원문화이다.

월드컵, 올림픽에서 보듯 응원문화도 나라마다 다르다. 역사나 전통, 민족의 기질을 반영한다. 응원에 자신들의 독창적 문화와 예술을 강렬하게 드러낸다. 같은 프로야구라도 미국은 치어리더도, 응원가도 없다. 자기가 좋아하는 팀의 경기를 편안히 응원한다. 흥이 넘치고 역동적인 우리의 광장 응원은 '한류'처럼 공동체적인 한민족의 특성을 반영하고 있다. 그것이 이따금 넘쳐 위태로울 때도 있지만 갈수록 성숙하면서 독창적 색깔이 됐다.

스포츠의 3대 요소를 꼽으라면 선수, 경기장, 그리고 관중일 것이다. 관중보다 선수가, 감독이, 심판이, 규칙이 중요하다고 말할 수도 있다. 그러나 선수들만 있고 응원하는 관중이 하나도 없다면, "무언극을 하는 것 같다"는 어느 선수의 말이 과장이 아니다. 단순히 경제적 이유만은 아니다. 관중이 서로 선수들과 함께 호흡할 때 스포츠도 생명을 얻는다. 응원은 경기장 분위기와 선수들의 사기를 높여주고, 수준 높은 경기로 이어진다. 또 하나의 문화를 만든다.

# 자연,
# 더하기 아닌 빼기

삶에는 더하기만 있는 것은 아니다. 빼기도 있다. 더 가지려 하기보다는 하나라도 덜어놓아야 오히려 내 것이 된다. 자연과 만날 때가 그렇다. 그 자연으로 들어가는 캠핑은 반문명적이다. 인간이 자연의 일부였고, 자연과 가장 가까웠으며, 자연에 의지했던 원시로의 일종의 회귀이다. 하나를 더 가지려는 것이 아니라, 하나라도 버리려는 행동이다. 문명을 버림으로써 또 다른, 잃어버린 문명을 만나는 시간이다. 인간의 삶에 문명만이 문화가 아니다. 자연과의 만남도 문화다. 그 문화가 없어지는 날 인간도 사라진다.

자연과 만나고, 자연과 함께 하고, 자연에게서 무언가를 얻으려면 빈손, 빈 마음이어야 한다. 쾌락을 더 크게 누리기 위해 문명 속의 이기利器와 거기에 특별한 '물건'까지 가져간다면 자연은 우리에게 아무것도 주지 않는다. 자연은 비운 사람에게만 채워준다. 속세의 문명들을 무겁게 지고 있으면 자연은 다가오지 않는 다. 미국의 작가이자 사회운동가인 더글러스 러미스가 말하는 인 간 본래의 쾌락과 풍요를 위한 '뺄셈의 진보'와 비슷하다.

우리나라의 캠핑인구도 500만 명이 넘는다. 문명이 발달할 수 록, 자연으로부터 점점 멀어질 수록 어머니의 품 같은 자연이 그리 운 사람들이 많다는 얘기다. 아예 자연에 들어가 사는 사람들도 늘 고 있다. 문명에 익숙해져 버려 선뜻 자연 속으로 뛰어들지 못하는 사람들에게 세상은 온갖 도구로 "걱정 말고 가라"고 유혹한다. 이 것 저것 가지고 가면 자연에서도 아무런 불편 없이 문명의 시간을 이어갈 수 있다고 자신한다. 집도 있고, 부엌도 있고, 음식도 있고, 전기도 있고, 불도 있다. 무겁지도 크지도 않다. 첩첩산중이라도 내 집처럼 갖출 수 있고, 잠시도 세상과 단절되지 않고 지낼 수 있 으며, 시간의 리듬을 바꿀 필요도 없다. 아까워할 필요도 없다. 얼 마든지 다시 구할 수 있으니 쓰고 나서 버리면 그만이다.

그러면 자연과 친할 수 없다. 어울릴 수도 없다. 자연이 주는 선물을 받을 수도 없다. 인간의 이기가 닿는 순간 자연은 저만치 물러나고, 상처를 받고 신음한다. 인간의 기술과 문명은 인간만 의 편리함을 위한 공간의 확장이고, 그 확장이 자연의 터전을 빼 앗고 무너뜨리기 때문이다. 그 공간을 가능한 줄여야 한다. 자연 을 사랑하고, 자연 속에서 살았으며, 자연과 하나가 된 『월든』의 저자인 데이비드 소로는 '단순, 소박, 간소'라고 했다. 문명의 이기를 끊어버리고 연못 옆에 있는 숲에 오두막을 짓고 2년 동안 살면서 그는 자연이 주는 생명력과 명상, 시간을 확인했다. 성철 스님처럼 무엇을 얻으려 애쓰지 말고 추우면 좀 추운 대로, 더우면 좀 더운 대로 자연이 주는 것을 수용하는 법을 터득하면 마음의 자유를 얻는다.

어떻게 하면 될까. 일본 환경보호운동가인 데이비드 스즈키와 인류학자 오이와 게이보처럼 하룻밤이라도 '강, 나무, 꽃이 되어 보라.' 강은 느리지만 제 갈 길을 간다. 나무는 어둠 속에서도 바람의 소리를 듣는다. 꽃은 누가 맡든 말든 자신의 향기를 퍼뜨린다. 그 속에 평화가 있고, 휴식이 있고, 생명이 흐른다. 강이 되고, 나무가 된다는 것은 스스로 자연이 되어 자연을 그대로 받아들인다는 얘기다. 밤에 전등이나 촛불을 켤 이유가 없다. 어둠이 자연이다. 24시간 환한 일상에서 우리는 그 자연을 잃어버린 지 오래다. 그것을 되찾으면 자연은 밤하늘의 별빛과 반딧불, 벌레 소리를 선물한다. 가족과의 대화를, 어린 시절 할머니의 옛날이야기를, 고향마을의 풍경을 되살려준다.

오스트리아 철학자 이반 일리히가 1970년대에 제창해 '친환경 생활'의 상징이 된 '언플러그드'가 전기 쓰지 않기만을 의미하지 않는다. 강박이 되어버린 우리의 삶에 꽂혀있는 온갖 접속들, 온수 보일러와 가스레인지는 물론 잠시만 손에서 놓아도 불안감을 감추지 못하는 휴대폰의 플러그까지 잠시나마 모두 뽑아버릴 때,

자연은 우리에게 편리함과 빠름이 곧 즐거움이 아님을 알게 해준다. 그 시간이 단순한 문명 단절의 이색 체험이 아닌, 즐거운 '문화'임을 확인시켜준다. 별난 준비나 각오까지 필요 없다. 속세를 떠나 자연 속에서 최소의 활동으로 최대의 시간을 누리는 미니멀리스트가 되라는 것도 아니다. 잠시 자연에 몸을 맡기고, 자연에서 특별한 뭔가를 더 얻겠다는 욕심을 버리면 된다. 그것만으로도 나의 생명은 더욱 싱싱해지고, 몸은 더 편안해진다.

해마다 여름이 되면 산과 강, 계곡과 숲을 찾는 캠퍼들로 넘쳐난다. 우리나라에도 등록 캠핑장만 1,200곳이 넘는다. 그곳에서 문명의 이기와 인간의 오만이 내뿜는 소리와 빛과 열이 멈추고 자연의 고요하고 어둠과 시원함과 느림이 살아있어야 한다. 우리는 안다. 그래야 자연이 우리 곁을 떠나지 않음을.

# 느림의
# 가치는?

재촉한다고 시간은 빨리 오지 않는다. 절기가 지나고 날이 차면 계절은 어김없이 산과 들에, 그리고 우리 마음속에도 찾아온다. '춘래불사춘春來不似春'도 결국은 조급함에서 오는 안달이다. 빠른 것이 꼭 좋은 것은 아님을 우리는 안다. 그만큼 머무는 시간도 짧다.

시간도 사람에 따라 달라진다. 조급한 사람에게는 느리고, 느긋한 사람에게는 빠르다. 살아간다는 것은 곧 주어진 시간을 갖고, 쓰고, 느낀다는 이야기도 된다. 삶이란 시간 위에 놓여있는 셈이다. 어떤 사람은 그 위에서 늘 조금이라도 더 빨리, 더 많은 것을 하려고 정신없이 뛰고, 어떤 사람은 천천히 걸어간다.

바쁜 사람의 시간은 더 알차고, 게으른 사람의 시간은 쓸모없다고 말할 수 없다. 주어진 시간을 여유롭게 쓰지 못하는 사람이 어찌 자신을 되돌아볼 수 있으며, 남을 생각하고 이해하는 관용을 가질 수 있을까. 물론 '속도의 시대'다. 하루가 다르게 빨라지는 세상이 되어가고 있다. 만남도, 정보도, 음식도. 시속 300km 의 기차도 성에 안 차고, 5초를 기다리기 싫어 초고속 인터넷으로 갈아탄다. 인류 문명의 발전이 곧 속도의 발전이라고 해도 과언 이 아니다. 기다릴 필요가 없어진 세상.

왜 이렇게 사람들은 속도에 매달릴까. 원시 수렵시대부터 속 도가 곧 생존이기 때문이었다. 빠른 게 우수하고, 빠른 게 편리하 고, 빠른 게 경제적이다. 모든 것에 '속도'를 더하는 것이야말로 '안전하고 오래 사는 방법'이라고 생각한다. 이동시간, 음식 만드 는 시간, 잠자는 시간을 줄이면 하루 24시간이 아닌 30시간, 40 시간으로 살 수 있다는 계산도 한다. 이런 공식에서는 느린 것은 낭비이자 오답이다.

이런 우리들에게 〈너의 이름은〉으로 더욱 유명해진 일본 신카 이 마코토 감독의 애니메이션 〈초속 5센티미터〉는 "너는 어느 정 도의 속도로 살아가니?", "왜 그 속도여야 하니?" "정말 어느 정도 의 속도로 살아가야 소중한 것을 다시 만날 수 있니?"라고 묻는다. 바람 한 점 없는 날 벚꽃이 떨어지는 속도인 초속 5cm는 '느림'을 상징한다. "눈이 떨어지는 것도 꼭 그런 것 같다"고 소녀는 말한다.

사춘기에 접어든 소녀가 소년 앞에서 이 이야기를 꺼낸 것은 자신들 앞에 놓여있는 시간, 서로 다른 속도로 살아가는 둘의 만 남이 어긋날지 모른다는 걱정 때문이었다. 그리고 소녀의 걱정처 럼 그들의 만남은 속도의 차이로 끝내 이어지지 못한다. 두 사람

앞에는 지나온 13년보다 훨씬 많은 시간이 남아있고, 그 시간을 자기 뜻대로 지킬 힘도 없고, 그 시간의 속도를 어떻게 맞춰야 할지 모르기에 그들의 관계는 멈춰버렸다, 정해진 시간에, 가장 빨리 만날 수 있는 기차를 초속 5cm의 아주 느리게 내리는 눈이 막아버린 것처럼.

소년은 대학을 나와 도쿄에서 회사원이 되어서야 비로서 안다. 외로움에 젖어 하루하루를 살아가면서 문득 붙잡고 싶고, 가고 싶은 세상의 비밀이 바로 열세 살 때의 꿈인 초속 5cm라는 사실을. 너무나 이미 너무 빠른 속도로 살아온 그는 다시 그때로 돌아갈 수 없다. 혹시 몰라 도시 거리를 두리번거릴 뿐이다. 삶에서 시간의 속도는 이렇게 많은 것, 소중한 것까지도 놓쳐버리게 만든다.

'느림'의 가치는 무엇일까. 이란의 거장 압바스 키아로스타미의 옛 영화 〈바람이 우리를 데려다 주리라〉는 서로 다른 시간 속에 살고 있는 사람들을 대비시켜 그것을 소박하면서도 깊게 성찰한다.

100세 된 노파가 곧 죽을 것이란 소식을 듣고는 전통 장례식을 찍기 위해 테헤란에서 시골 산 구릉 작은 마을에 온 방송국 PD인 베흐저드가 만난 것은 자연의 순리였다. 지도에도 나와 있지 않은 곳을 물어물어 도착한, 그야말로 가파른 산기슭에 자리 잡은 외딴 마을에는 시간이 정지된 듯하다. 그곳에서 그는 장례식 장면을 찍고 테헤란으로 돌아가기 위해 노파가 빨리 죽기를 기다린다.

그러나 마을의 시간은 그의 속도로 가지 않는다. 사람들은 해

뜨면 밭에 나가 일하고, 해지면 잔다. 해가 마을을 따사롭게 비추면 담벼락에 옹기종기 모여들고, 작은 찻집에 나와 우두커니 시간을 보낸다. 여름이면 농사짓고, 추운 겨울이면 아이를 낳고. 그곳에서는 죽음마저 느린 듯하다. 조급한 그를 약 올리기라도 하듯 할머니는 오히려 회복할 기미마저 보인다.

베흐저드는 속이 탄다. 테헤란에서는 매일 독촉이고, 휴대폰이 잘 터지지 않아 벨이 울릴 때마다 바쁘게 마을 계단을 오르내리고, 차를 몰아 마을 뒤 높은 뒷산으로 올라가기를 반복한다. 그렇게 예정했던 사흘이 지나고, 열흘을 넘기게 된 베흐저드에게 시간은 어떤 느낌일까. 거북이가 느릿느릿 기어가는 것을 보고 참지 못하듯 견디기 힘들 만큼 지루하고 답답하다. 자연의 흐름에 맡기고 사는 마을 사람들의 시간과 함께 하는, 빠른 시간에 익숙한 우리게도 그 '느림'은 고문이다.

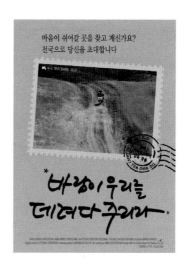

우리는 그 느림이야말로 게으름의 다른 표현이며, 그 때문에 가난하고, 가난하면 불행하다고 생각한다. 베흐저드도 예외는 아니다. "너무 힘들면 손들게 돼. 하지만 할 일이 없을 때도 마찬가지지. 아무 일도 안 하면 돌아버린다고"라고 말한다. 앞만 보고 빨리 달려야 하는 삶에 너무나 익숙해져 있으니까.

〈바람이 우리를 데려다 주리라〉는 오히려 그런 삶을 말없이 꾸짖는다. 시간에 대한 집착은 물질적 집착이라고 말한다. 영화 속 마을 사람들에게 돈이나, 문명의 이기는 중요하지 않다. 어쩔 수 없이 베흐저드의 시계도 조금씩 자연의 흐름에 맞춰 느려진다. 그 느림에서 지금까지 살면서 깨닫지 못한 삶의 지혜가 있음을 발견한다. 자신이 느낄 수 없었던 시간의 의미이다. 베흐저드와 한 소년의 대화이다. "학교는 어디로 가니?", "이쪽이랑 저쪽이요", "학교가 두 군데야?", "아뇨. 학교 가는 길이 둘이에요", '학교가 두 군데냐'는 물음을 놀리기라도 하듯이 '학교 가는 길이 둘'이라는 소년의 대답이 뒤통수를 친다. 왜 우리는 어떤 곳으로 가는 길은 '하나'라고 생각하는가. 길이 둘이면 목적지도 둘이어야 하는가. 세상에는 한 가지 길만 있는 게 아니지 않은가. 그리고 빠른 지름길이 꼭 정답이 아님을 소년이 깨우쳐주고 있다.

느림은 잘못된 것이 아니라, 다만 '다른 길'일 뿐이다. 그 길을 걸으면 시간의 길이와 가치도 달라질 수 있다. 그 위에서는 불행도 천천히 온다.

# 소설,
# 거기 있어 줄래요

엘리엇은 수현으로, 그가 '꼭 한번 만나보고 싶은 여자'인 일리
나는 연아가 되었다. 무대도 바뀌었다. 샌프란시스코와 플로리다
는 서울과 부산으로. 이런 차이들이 있지만 전혀 어색하지 않다.
프랑스 기욤 뮈소의 소설과 홍지영 감독의 한국영화 〈당신, 거기
있어 줄래요?〉는 같은 재료로 서로 다른 나라의 요리사가 만든
음식처럼 제각각 잘 어울린다. 재료의 본래 맛과 향기를 서로 잃
어버리지 않은 채.

시간 여행에 관한 소설과 영화는 수없이 많다. 나라마다, 시대
마다 디테일에서 조금씩 다르긴 해도 구성과 주제는 비슷비슷하
다. 가끔 〈터미네이터〉처럼 거창하게 인류를 구하는 이야기도 있
지만, 대부분 삶에서 소중하다고 생각하는 순간이나 사람을 만나
러 가는 이야기들이다. 그 소박한 판타지가 훨씬 '인간적'이다. 인
간이 상상과 허구로나마 과거로 잠시, 한번쯤 가보고 싶은 것은

누구든 삶에 회환과 미련이 있기 때문일 것이다. 그러나 어쩌랴. 삶에는 두 번의 기회는 없으며, 시간은 반복이 불가능한 것을. 그 삶과 시간이 준 흔적들 역시 좋든 싫든 버리거나 지울 수 없다. 그래서 삶이 애틋하고, 그 삶이 곧 '역사'가 되는지 모른다.

어느 날 기적과도 같은 일이 일어나 미래를 알고 있으면서 과거로 돌아가 다른 선택을 하고 그 선택으로 미래를 바꾸면 지금보다 행복할까. 후회도 말끔히 사라질까. 누구도 자신할 수 없다. 그래도 그때가 아니면 다시는 만날 수 없는 사람, 이 세상 무엇보다 소중한 사람이 있다면 소설과 영화에서라도 한 번쯤 되돌아가고 싶다. 가서 지금의 '나'에게는 현실인 미래를 후회하지 않게 만들고 싶다. 사랑은 잃더라도 사랑하는 사람의 생명은 지켜주고 싶다. 〈당신, 거기 있어줄래요?〉의 선택이다.

이 간절한 희망에 시대와 지역과 인종의 벽이 있을 수 없다. 소설과 영화의 경계 역시 있을 수 없다. 둘 다 허구이고 판타지이기는 마찬가지니까. 다만 먼 나라 이야기<sub>소설</sub>보다는 우리의 정서로 변주한 것<sub>영화</sub>이 더 익숙하고, 실감나고, 감동적일 것이다. 그렇다고 좋은 소설이 저절로 좋은 영화가 되는 것은 아니다. 사람과 무대만 바꾸고, 소설의 언어적 표현을 단순히 영상언어로 바꾸기만 하면 어느 나라 소설이든 우리 영화가 되고, 예술이 되는 것도 아니다. 기욤 뮈소의 소설적 구성과 언어적 감각이 아무리 영화적이라고 해도 마찬가지다.

소설은 소설이고, 영화는 영화이다. 소설은 언어의 예술이고, 그 힘은 묘사와 설명에 의한 상상력에서 나온다. 영화는 영상예술이고, 그 힘은 시각적 이미지에 의한 구체화와 감각에서 나온다. 영화가 단순히 소설을 따라가기만 한다면, 많은 것들을 영상이 아닌 글로 설명해야 하거나, 단순한 재연에 그칠 것이다. 그렇게 할 수도 없고, 해서도 안 된다. 영화가 가질 수 없는 언어의 자유로운 표현과 상상력을 소설이 가지고 있다면, 소설이 가질 수 없는 영상의 상징성, 은유를 영화는 가지고 있어야 한다. 소설이 긴 글로 설명하고 묘사한 것들, 복잡한 심리나 사건을 영화는 한 컷의 영상, 배우의 표정, 소품 하나로 강렬하고 명징하게 보여주어야 한다. 〈인셉션〉처럼 창의적 영상은 글보다 훨씬 섬세하고 생생하게 심리와 의식까지 드러낼 수 있다.

그것을 위해 영화는 소설과 달리 상상력을 표현할 장치들을 찾아내야 한다. 언어대신 자기만의 색깔과 시각적 요소를 가지고 있어야 한다. 영화 〈당신, 거기 있어줄래요?〉도 '시간여행' 소설의 운명인 개연성 부족까지 그대로 받아들이고, 원작의 구성과 흐름을 따라갔지만 그렇게 했다. 2015년과 1985년 한국의 정서를 꼼꼼히 담았고, 우리 현실에 맞지 않은 것<sup>마약</sup>은 걷어냈다. 투박하면서도 시대와 상황에 어울리는 감정의 강약으로 인물과 스토리에 공감을 불어넣었다. 솔직히 사전정보가 없다면 이 영화의 원작이 있다는 것도, 그것이 외국소설이란 사실을 모르고 지나갈 수도 있다. 외국소설로 만든 한국영화는 계속 나오고 있다. 『화차』와 『허삼관』도 원작이 일본과 중국 소설이다. 〈지금, 만나러 갑니다〉처럼 이미 일본에서 영화로 만든 소설까지 다시 영화로 만든다. 프랑스 소설로는 『당신, 거기 있어 줄래요?』에 앞서 쇼데를로 드 라클로의 『위험한 관계』가 2003년에 영화 〈스캔들, 조선남녀상열지사〉가 되었고, 2012년에도 한·중 합작으로 다시 영화로 나왔다. 〈설국열차〉는 프랑스 만화가 원작이다. 성공도, 실패도 있었다.

〈설국열차〉는 새로운 감각과 서사, 매력적인 영상언어로 긴장감을 살려 '글로벌 무비'가 되었고, 〈화차〉는 우리 현실에 맞는 날카로운 변주를 보여주었다. 〈허삼관〉은 시대와 시간의 생략과 단축, 중요한 모티프의 포기, 인간에 대한 깊이 있는 통찰부족, 내면화하지 못한 배우들의 연기로 왜 '귤이 회수를 건너면 탱자가 된다'는 건지 알게 해주었다.

한국영화가 외국소설까지 가져오는 이유를 아이디어와 소재 빈곤 때문이라고 단정할 수는 없다. 우리 영화를 더욱 넓고 풍성하고 다양하게 하는 일이기도 하다. 일본과 중국은 물론, 할리우드와 유럽이 한국소설을 원작으로 영화를 만들고, 한국영화를 리메이크하고 있으니 문화사대주의는 더욱 아니다. 그 반대일 것이다. 어떤 나라 소설도 '또 하나의 작품'인 한국영화로 변주할 수 있다는 자신감. 우리만의 착각은 아니다. 기욤 뮈소가 『당신, 거기 있어줄래요?』의 영화화를 제안한 나라들 중에 유일하게 한국을 선택한 것을 보면. 한국영화의 수준을 인정받는 것이니 즐겁고 뿌듯한 일이다. 소설 입장에서도 '한류'의 위력을 생각하면, 매력적인 만남임에 틀림없다.

누군가 〈당신, 거기 있어줄래요?〉를 보고 말했다. "이보다 더 멋지고 자연스러운 한·프랑스 문화교류는 없다"고. 서로 섞이지 않은 요란한 이벤트나 공연보다는 이렇게 하나의 이야기가 프랑스에서는 소설이 되고, 한국에서는 영화가 되는 일이야말로 그 역할과 의미가 훨씬 큰 것만은 분명하다.

## 확장, 혹은 축소, '버닝'

이런 의문부터 든다. 하고 많은 그의 소설 중에서 『헛간을 태우다』였을까. 아직 영화로 만들어지지 않은, 다른 유명 작품도 수두룩한데. 무라카미 하루키 스스로 고백했듯이 윌리엄 포크너의 단편 제목인줄도 모르고 35년 전 어느 날 마음 편히 쓴 35쪽의 짧고 낯선 단편이다. 극적인 반전이나 마무리를 위한 멋진 착지도 없다. 좋게 말해 독자들의 상상에 맡긴 열린 소설, 『헛간을 태우다』는 서른 한 살의 유부남인 주인공작가이 '아는 사람 결혼 피로연에서 만난' 스무 살의 여자, 그녀의 애인인 미스터리한 인물과 함께 보낸 시간들과 에피소드다. 여자가 갑자기 자취를 감추긴 했지만, 그것으로 끝난다. 더 이상 어떤 일도 일어나지 않고, 어떤 설명도 없다. '진실'이 무엇인지 밝혀지지도 않는다. 성기고 밋

밋하고 찜찜하다.

그럼에도 불구하고 하루키는 '내 작품을 말한다'에서 "나는 때때로 이렇게 엄청나게 섬뜩한 소설을 써보고 싶어진다"고 했다. 그 말을 듣는 순간 『헛간을 태우다』는 은유<sup>메타포</sup>와 상상이 가득한 미스터리로 다가온다. 35년 전에도, 수필 같은 단편을 쓸 때에도 하루키는 소설가였구나. 이창동 감독이 이 소설을 영화 〈버닝〉의 원작으로 선택한 이유 역시 무심하고 어설픈 듯하지만 그 안에 '섬뜩함'을, 그 섬뜩함에서 '과거'가 아닌 '현재'를 발견했기 때문은 아닐까. 소설이 숨은 은유와 상징들을 자신만의 이야기와 상상력, 영상언어로 얼마든지 바꾸고 채울 수 있다는 자신감이 있었기 때문일 것이다. 이청준의 소설 『벌레 이야기』에서 영화 〈밀양〉을 뽑아낸 것처럼.

그런 느낌과 자신감이 없었다면 그가 『헛간을 태우다』에 주목할 이유가 없었을 것이다. "쉽게 영화화할 수 없다고 생각했지만, 소설의 미스터리가 요즘 젊은이들의 이야기로 확장시킬 수 있다고 생각했다"는 그의 말에서 알 수 있다. 이창동 감독 역시 소설가였다. 그것도 몸서리 처질 만큼 집요하고 섬세하게 세상과 인간의 부조리에 파고드는. 작가의 명성이나 인기에 편승할 감독이 아님은 삼척동자도 안다. 이창동 감독의 영화는 언어만 소설과 다를 뿐, 현실을 외면하거나 포기하지 않는다. 때문에 그의 영화는 편안하거나 달콤하지 않다. 쉽게 흘러버릴 수도 없다. 곳곳

에 펼쳐놓은 은유와 상징들이 머리와 가슴을 붙잡고, 현실을 더욱 생생하게 떠올리고 돌아보게 만든다. 그의 영화를 보고 나면 오랫동안 가슴이 답답하다.

이창동 감독은 수수께끼<sub>미스터리</sub>가 『헛간을 태우다』의 매력이라고 했지만, 그가 발견한 진짜 매력은 같은 젊은이면서 다른 현실, 그 현실에 대한 각자의 인식, 그것을 가장 상징적으로 드러낸 남자의 '헛간<sub>영화에서는 비닐하우스</sub>을 태운다'는 행위이다. "두 달에 한번쯤 남의 헛간을 태운다"는 남자는 "세상에는 헛간이 얼마든지 있고, 그것들은 모두 내가 태워주기를 기다리는 것 같다"고 말한다. 어떤 헛간이든 15분이면 깨끗하게 태워버릴 수 있으며, 처음부터 그런 건 존재하지도 않았던 것처럼 아무도 슬퍼하지 않고 그저 사라질 뿐이다. 그는 판단 같은 것 하지 않는다. 그것은 태워지기를 기다리고 그는 그 사실을 받아들일 뿐이다. 남자는 비에 비유한다. "비가 온다. 강이 넘친다. 무언가가 떠내려간다. 비가 판단을 합니까"

그는 자신이 절대 비도덕적인 것을 지향하는 것이 아니라고 주장한다. 그의 존재와 행위, 그리고 인식이 과장되고 극단적이며 비현실적임에도 불구하고, 이창동 감독은 35년 전 일본소설에서의 그것을 '현재, 대한민국'으로 끌고 온다. 영화 〈버닝〉은 주인공인 이종수와 해미를 같은 나이의 고향 동창으로, 해미가 아프리카에서 만난 남자 벤을 연상으로 바꾼다. 벤은 직업을 알 수 없는 서울 강남의 부유층, 종수는 가난한 작가 지망생의 유통회사 알바생이다. 소설에 없는 '또라이' 농사꾼인 종수의 아버지도 등장시킨다. 그런 다음 그들의 관계와 모습, 살을 붙인 이야기로 지금의 대한민국 현실을, 그 위에서 벌어지는 '차이와 다름'의 비극성을 드러낸다.

소설도, 영화도 '헛간<sup>비닐하우스</sup>'이 구체적으로 무엇인지, 실제로 남자가 그것을 태웠는지 이야기해 주지는 않고 독자와 관객의 상상에 맡긴다. 그러나 남자가 최근에도 아주 가까이에서 태웠다고 하는 것이 진짜 '헛간<sup>비닐하우스</sup>'이 아닌 것만은 분명하다. 차이라면 소설이 그 어떤 암시나 추리의 근거를 남기지 않았다면, 영화는 감독이 자신의 상상력으로, 추리와 스릴러의 맛을 살려 보다 구

254
255

체적으로 드러냈다는 것이다.

그렇다고 단정하지는 않는다. 해미의 '귤껍질 까기' 판토마임처럼 상상거짓과 현실진실조차 명확히 구분하지 않은 채 여전히 열린 결말, 미스터리로 남긴다. 영화의 많은 것들이 그렇다. 어릴 적 고향집 옆에 있는 우물에 빠진 적이 있다는 해미의 기억, 고양이의 존재, 심지어 해미의 행방불명의 진실여부까지도.『헛간을 태우다』는 은유를 통한 한 인간의 행동양식에 대한 섬뜩함에 초점을 맞추지만 〈버닝〉은 거기에 머물지 않는다. 은유를 더욱 확장하고 변주해 그 섬뜩함을 사회적 상황 위에 올려놓았다. 그것을 위해 영화는 청년실업 뉴스, 종수 아버지의 낡은 트럭, 어머니의 가출, 축산공무원을 위협하다 구속된 아버지, 벤의 호화로운 집과 친구들의 모임과 대화를 더했다.

벤은 대한민국에서 노는 것과 일하는 것의 구분이 없어진 부자들, 뭐 하는지 모르는데 돈은 많은 수수께끼 같은 젊은이들을 상징한다. 그들은 재미만 있으면 뭐든지 해버리고, 슬픈 감정을 느껴본 적이 없기에 눈물을 흘려본 적이 없다. 그 반대편에 미래를, 꿈을 잃어버린 지금 대한민국의 청년의 상징인 종수가 있다. 소설가가 되고 싶지만 무엇을 써야 할지 모른 채 하루하루 희망 없는 삶을 살아간다. 그 둘 사이에 해미가 있다. 겉으로는 알바나레이터 모델 생활이 자유로워서 좋다고 하지만, 삶의 의미에 굶주린 진짜

배고픈 그녀는 아무런 존재가치가 없어 어느 날 석양 속으로 흔적도 없이 사라질지 모른다는 두려움을 가지고 있다.

영화의 모든 상상과 은유가 그럴지도 모른다. 자유의 자기 함정, 상상력의 자기 함정. 〈버닝〉은 소설에서 여자에 대한 두 남자의 모호한 관계와 감정과 달리 존재가치를 분명히 설정한다. 종수에게는 '사랑'이고, 벤에게는 사라져도 아무도 슬퍼하지 않은 존재인 '태워지길 기다리는 헛간'이다. 〈버닝〉은 이를 부정할지 모른다. 말한 적도, 보여준 적도 없다고. 아니면 벤이 마지막 종수를 만나면서 "해미 어디 있어요? 같이 안 왔어요?"라고 말한 것으로 당신의 상상에 불과하다고. 그러나 엉뚱한 단정이 아니다. 종수가 벤을 칼로 찔러 죽인 후, 시신을 그의 고급 외제차와 함께 불태워 버렸기 때문만은 아니다. 살해 장면은 보여주지 않았지만 벤의 화장실 서랍에서 발견된 종수가 해미에게 선물한 손목시계, 새로 만난 여자에게 보인 벤의 말과 행동의 반복, 벤의 집에 있는 해미의 고양이 등으로 충분하고 명백한 추리를 제공했다. 의외다.

수많은 은유와 상징들로 채웠으면서도 누구나 예상할 수 있는 결말. 이 또한 감독의 상상력이다. 역설적이게도 그것이 오히려 '무심함'과 '포기'의 소설보다 상상력을 축소시켰다. 영화의 모든 상상과 은유가 그럴지도 모른다. 자유의 자기 함정, 상상력의 자기 함정.

# 소설,
# 영화보다는

## 7년의 밤

소설 『7년의 밤』은 참혹하고 참담하다. 우연히 살인을 저지르게 된 한 인간과 그 희생자인 소녀의 아버지의 비극적 운명이 7년이란 긴 세월 동안 치열하고 집요하게 이어진다. 살인과 복수에 대한 이야기라고 해서 강한 추리의 구조나 스릴러적 분위기에 빠진 것은 아니다. 오히려 사건 자체보다는 그것을 둘러싸고 드러나는 두 남자의 뒤틀린 집착과 상처, 그것에 의해 드러나는 인간 본성을 날카롭고 냉정하게 응시한다.

그 본성이란 다름 아닌 아버지의 자식 사랑이지만, 그 사랑은 결코 건강하지도 아름답지도 않다. 하나밖에 없는 어린 딸 세령을 잃고 미친 듯이 복수를 부르짖는 오영제의 사랑은 정신병적 소유욕과 그에 따른 폭력과 구속이다. 그에 맞서 아들 서원의 목숨을 구하기 위해 댐의 수문을 열어 수많은 사람들의 목숨을 빼앗

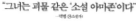

는 재앙을 일으킨 최현수의 부성애 역시 무자비한 아집과 이기주의이다. 소설은 그것이 사회적 이유가 아닌 성장기에 그들이 아버지로부터 받은 상처에서 비롯된 것이라고 말한다. 오영제에게 그 상처는 집착과 적개심이다. 최현수 역시 자신은 평생 벗어나지 못했지만, 아들에게는 결코 물려주지 않으려는 아버지의 유산인 폭력이다. 둘은 상반되면서도 비슷하고, 비슷하면서도 이질적이다. 어느 것이 선이고, 어느 것이 악도 아니다. 선을 위해 악을 저지르고, 악을 선으로 위장하기도 한다.

이렇게 어긋난 자식 사랑을 가진 아버지와 아버지가 우연히 저질러진 살인과 죽음을 놓고 운명처럼 맞부딪친다. 풀지 못해 잘라버린 실타래처럼 자신과 가족의 삶까지 산산조각을 낸다. 산골

수몰지구 댐의 경비팀장으로 발령을 받은 최현수가 아내의 성화에 못 이겨 미리 사택을 보러 가지만 않았어도, 세령이 아버지의 폭력에 집을 뛰쳐나오지만 않았어도 그들에게 7년이란 긴 지옥은 찾아오지 않았을 것이다.

운명은 둘을 같은 시간 위에 던져 '지옥'을 걷게 한다. 세령이 갑자기 길로 뛰어나와 어둠과 물안개 속을 헤매던 현수의 차에 부딪쳐 쓰러진 순간 그가 본 것은 눈앞의 흰 몸뚱이가 아닌 '산산조각으로 부서진 한 남자의 세계'였다. 동시에 광기가 서린 한 남자<sub>오영제</sub>의 파멸이었다. 조각 난 운명이 몰고 온 참혹하고 끈질긴 비극을 소설은 과거와 과거의 과거, 그리고 현재를 넘나들면서 퍼즐처럼 꼼꼼하게 맞추어 간다. 생물학적 아버지는 아니지만, 세령과 서원에게 아버지와 같은 존재로 비춰지는 댐의 경비원이자 잠수사이며 작가인 안승환이 있지만, 그 역시 지옥에서 그들을 건져낼 만큼 전능하고 영웅적인 구원자는 아니다.

이렇게 7년의 밤을 보내는 두 남자를 따라 등장인물들도 함께 지옥의 나락으로 떨어진다. 가난에서 벗어나고자 이악스럽게 사는 최현수의 아내와 남편의 폭력과 독선을 견디다 못해 가출한 오영제의 아내도. 소설은 선악의 경계도 불분명하고, 권선징악의 위안도 없으며, 반전의 짜릿함에 매달리지도 않는다. 짙은 물안

개 같은 후텁지근한 공기를 마시는 듯한, 승환처럼 잠수복을 입고 수몰된 마을을 걷는 듯한, 악마와 함께 인간이 만든 지옥을 걷는 듯한 느낌이다. 그럼에도 불구하고 7년이란 길고 긴 밤을 단숨에 따라가게 만든다. 가면 갈수록 인간 심연에 자리 잡고 있는 악과 탐욕, 아픔과 진실을 성찰할 수 있도록 해주기 때문이다. 죄의식과 복수심에 대한 깊은 관찰, 치밀한 사건의 구성과 상황 설정, 직구처럼 정확하고 예리하면서도 거침없는 문장들이 그것들을 명징하게 만나게 해준다. 인간성에 대한 고민 없이 추리와 반전의 묘미에만 매달리지 않은 〈7년의 밤〉이 가진 매력이자, 힘이다.

영화에 이런 매력들이 꼭 좋은 것만은 아니다. 차라리 기막힌 트릭이나 반전, 아니면 치밀한 범죄와 그곳의 작은 허점을 파고들어 진실을 밝히는 천재 주인공의 등장, 과장을 하든 말든 선악이 분명한 인물의 대결이 주는 카타르시스가 있는 추리물이나 스릴러물이 더 반가울지도 모른다. 스티븐 킹이나 존 그리샴의 소설처럼. 애초 대중적 관심과 인지도가 높은 베스트셀러라 하더라도 『7년의 밤』을 영화로 만드는 것은 위험부담이 클 수밖에 없었다.

이럴 때 선택할 수 있는 길은 세 가지다. 흥행을 포기하고 작가주의를 고집하면서 섬세한 영상언어로 원작의 모든 것을 녹여 내거나, 원작에서 소재와 줄기만 가져오고 나머지는 새로 창작하거나, 아니면 대중성을 위해 장르 영화 특성에 맞게 원작을 바꾸고 빼고 더하는 변주를 하거나. 어느 하나 쉬운 일은 아니다. 치열한 고민 없이는 어느 것도 어설픈 흉내 내기에 머물고 만다. 원작을 뛰어넘는 영화가 좀처럼 나오지 않은 이유이기도 하다.

영화는 세 번째를 선택했다. 대중적 흥행을 노리는 상업영화로 는 그럴 수밖에 없었을 것이다. 감독추창민, 배우장동건·류승룡만 봐도 그 렇다. 이를 비난할 수는 없다. 아무리 많은 독자를 가진 소설이라 하더라도 영화는 독자를 뛰어넘어 소설을 읽지 않은 관객들까지 불러들여야 하기 때문이다. 만약 영화가 원작을 읽은 독자들을 실망시킨다면, 당연히 소설을 읽지 않은 사람들의 기대와 호기심 도 자극하지 못한다. 〈7년의 밤〉도 그랬다. 소설 독자에도 못 미 치는 초라한 관객 숫자가 말해주고 있다. 1,000만 관객 동원을 기록한 감독과 이름만이 아닌 연기에서도 스타임을 보여준 배우 들의 활약에도 불구하고 '참패'했다.

무엇보다 영화로서의 상업성에 집착해 소설의 주제와 정서를 벗어났기 때문이다. 빗나간 부성애에 의한 죄악과 파멸을 영화는 어떻게든 운명적인 부성애로 탈바꿈시키려고 했다. 심지어 오영 제의 죽은 딸에 대한 집착과 뒤틀린 광기의 복수심까지도. 영화 는 소설과 달리 '자살'로 그들의 비극성에 집중하면서 그들의 운명과 죄에 대한 동정과 용서의 마음까지 내비쳤다. 신들린 마을 여자와 무당의 기괴한 행동, 최현수의 우물에 대한 환각, 세령의 혼령과 서원의 만남 같은 초현실적, 주술적 분위기까지 집어넣어 감정이입을 유도했다. 정말 영화가 그것을 원했다면 아예 소설의 캐릭터와 정서까지 과감하게 버려야 했다.

소설에서 사형집행을 기다리는 최현수는 승환에게 이렇게 말한다. "타임머신이 그때로 나를 되돌려 준다고 해도, 난 아마 똑같은 짓을 저지를 걸세. 그렇게 충동적이고 어리석은 짐승이 바로 나라는 인간이야. 자살도 생각했네. 매일, 매 순간. 실행하지 않은 건 스스로 얻을 수 있는 구원이기 때문이었어. 종교를 거부한 것도 비슷한 이유고. 내겐 신이 나를 구원하지 못하게 할 자유가 있네. 내가 기다리는 건 구원이 아니라, 운명이 나를 놓아주는 때야."

냉정하다. 선택과 죄에 대한 어떤 참회나 구원도 없다. 용서와 화해의 감정이 비집고 들어갈 틈이 없다.

죽은 것처럼 위장한 오영제의 서원에 대한 집요한 추적과 살해 계획 역시 부성애란 이름으로 동정을 받거나 용서받을 수 없다. 그의 집념과 복수심은 딸을 무자비하게 학대하면서 입버릇처럼 외친 "무슨 일이든 대가는 꼭 치르는 것"의 연장선상이다. 그래서 그를 파멸시킬 덫을 놓는 일에 아내 문하영도 기꺼이 동참한다. 영화는 그런 그녀까지 '자살'로 없애버렸다. 안승환의 무게와 그가 사건의 진실을 드러내기 위해 최현수와 문하영의 고백을 토대로 쓰는 액자소설도 무시했다. 오로지 두 아버지의 목숨 건 대결에만 무게를 두었다.

소설의 바람은 살아남은 서원만이라도 아버지란 이름으로 저질러진 끔찍한 죄와 폭력과 복수의 지옥에서 벗어나게 해주는 것이었다. 승환이 고아가 된 서원이를 끝까지 지켜주고 보살피는 것도 단지 최현수의 아들이기 때문이 아니다. 그보다 먼저 그렇게 하지 못해 결국 세령이 죽은 것에 대한 죄책감과 후회 때문이다. 그것이 그로 하여금 '7년의 밤'을 밝히게 했는지 모른다.

영화도 부성애의 감동에 대한 집착을 버렸다면 그것을 향해 나아갈 수 있었다. 앞뒤를 어설프게 바꾸고, 인물들의 비중을 멋대로 늘리거나 줄이고, 설명도 없이 현재와 과거, 과거의 과거를 산만하게 교차시켜 운명의 7년을 제대로 되짚지 못하는 어리석음에 빠지지도 않았을 것이다. 서원이 "왜 날 살렸어요. 수십 명 죽이고"라고 절규하자, 최현수는 "난, 네 아비니까"라고 말한다. 이 한마디로도 영화가 소설로부터 얼마나 멀어졌는지 알 것이다.

### 살인자의 기억법

끊임없이 '소설'을 떠올린다. 원작이 있는, 그 원작을 먼저 읽은 영화라면 어쩔 수 없다. 일종의 '원작 기억하기'이다. 소설이 인상

에 남을수록, 느낌이 강하면 강할수록 의식은 둘 사이를 분주히 왔다 갔다 한다. 〈살인자의 기억법〉도 그렇다. "소설에서 김태수의 나이는 몇이었지?", "금강경 얘기는 빼 먹었네. 그게 작품 전체의 키워드인데" 하면서 영화에 몰입하지 않고 슬금슬금 빠져나온다. 차라리 소설을 읽지 않았거나, 내용을 잊어버렸다면 영화가 훨씬 더 흥미롭고, 추리하는 재미도 있을 텐데.

불가능하다. 인간이 기억을 가진 이상은 원작을 떠올리려 애쓴다. 마치 그 '기억'이 영화를 보는 목적인 듯이. 소설의 기억을 완전히 떨쳐버리거나 무시하지 않으면 영화만 보는 것이 아니라 어설프게, 부정확하게 소설을 다시 한번 읽으려 애쓰는 것이다. 그럴 때, 영화는 소설을 온전히 기억하는지 끝없이 묻고 강요하는 것이 되고 만다. 기억이란 이처럼 때론 다른 것을 받아들이기를 거부하는 '벽'이 되거나, 다른 것의 변형을 강요하는 강박이기도 하다. 그래서 '무엇'을 빼먹든 말든, 스토리를 바꾸든 말든, 인물이 다르든 말든, 결말이 이상하든 말든 소설의 '기억'을 버리고, 영화를 봐야 편안하다. 그렇게 마음먹어도 스멀스멀 기어 나오는 원작에 대한 기억들. 기억이란 지우려 한다고 지워지는 것도, 떠올리려 한다고 언제든 아무런 막힘없이 떠오르는 것도 아닌, 그렇다고 정확하다는 보장도 없다. 기억도 영화처럼 얼마든지 조작하고, 가공하고, 거짓을 집어넣을 수 있다.

인간에게 기억은 삶 자체이다. 기억이 없으면 삶도 없는 것이나 마찬가지다. 인간은 기억하고, 기억됨으로써 비로소 존재를 존재한다. 기억이 없으면 시간도 없다. 시간이 없으니 과거도, 역사도 없다. 순간순간 현재만이 있을 뿐이다.

그 현재 역시 잠깐 존재하다 영원히 소멸해 버리고 만다. 〈살인자의 기억법〉에서 김태수는 금강경을 인용하면서 그것을 공空이라고 했다. 꼭 불가의 법이 아니더라도 기억이 없는 인간은 모든 것이 무인 '색즉시공'이다. 죽음이 두려워 인간이 믿고 싶어 하는 영생도 '기억'일지 모른다. 인간을 '기억' 속에서 살아있게 하니까. 우리는 누군가를 기억하고 있고, 누군가는 또 나를 기억함으로써 살아있다. 그 기억이 없어지면, 누군가와 나도 영원히 사라진다. 예수 역시 이 땅을 살아가는 자들에게 기억되기를 원했기에 몸과 피를 영성체로 나누어주면서 "나를 기억하라"고 했다. 인간이 역사에 기록돼 오래오래 기억되기를 원하는 이유도 비슷할 것이다.

영화 〈살인자의 기억법〉은 소설의 이성적 자기고백과 달리 감정과 스릴이 넘치는 휴먼드라마이다. 감정은 잔인하기 그지없었던 연쇄살인마 김병수의 과거에서 나오는 것이 아니다. 불륜을 저질러 죽여 버린 아내가 낳은 자신과 피 한 방울 안 섞인, 말만 딸인 은희의 목숨을 지키기 위해 여느 아버지처럼 모든 것을 던지는 그의 사랑과 희생에서 나온다. 그 모습에 긴장감을 불어넣는 것은 딸의 목숨을 노리는 민태주란 인간 역시 냉혹한 연쇄살인마라는 것이고, 이따금, 갈수록 자주 기억이 끊기는 김병수의 알츠하이머란 치매병이다.

이런 상황설정은 소설과 같다. 그러나 소설이 연쇄살인범이란 극단적 인물인 병수의 '기억'을 잃어가는 것에 대한 쓸쓸한 회한의 서술이라면, 영화는 딸의 목숨을 구하기 위해 잃어가는 기억을 붙잡으려는 그의 애절하고 집념어린 기억하기이다. 그 애절함과 집념 속에는 딸 은희가 있다. 사람을 무수히 살해한, 심지어 첫 살인으로 가정폭력을 일삼던 아버지를 죽인 잔인한 악마의 생명 지키기와 그것을 위한 자기희생을 어떻게 받아들여야 하나. 소설은 '잘못된 기억'으로 인한 착각으로 우리를 속이고, 마음을 편하게 한다. 은희는 딸도 아니고, 살아있는 존재도 아니다. 기억 상실이야말로 병수에게는 또 다른 살인의 시작이다. 그의 말처럼 '손이 기억하고 습관은 오래 가서' 25년 만에 다시 살인을 저지른 지도 모른다.

영화는 반대다. 기억 잃음은 나도 모르는 살인의 시작이 아니라 살인을 막고, 딸의 목숨을 구하는 장애물이다. 병수는 녹음과 메모의 '기억을 기억하는 법'을 통해 과거 잔인하고 거침없었던 범죄를 끝없이 들춰내고, 지금 자신이 무엇을 해야 하는지 끊임없이 기억하려 애쓴다. 그런 김병수의 기억하기는 참회를 위한 것이 아니다. 그는 세상에는 마땅히 죽어야 할 인간들이 있다는 것이다. 술만 취하면 어머니와 누이, 자신에게 죽음보다 끔찍한 폭력을 밥 먹듯 행사하는 짐승의 눈빛을 가진 아버지. 그 아버지와 비슷한 가정 폭력범. 자신의 반지를 삼켰다고 살아있는 개를 때려죽이고는 배를 갈라버리는 잔혹한 여자. 돈을 갚지 않으면 장기적출과 인신매매까지 저지르는 악덕사채업자와 가족을 파괴하는 알코올 중독자. 병수에게 이들은 '존재 이유 없는 쓰레기들'이다.

소설에서 그는 사소한 다툼, 심지어 기분이 나빠 사람을 죽이기도 했다. 그러나 영화에서는 법을 대신해 응징한 것이라고 소리친다. 아무리 기억상실에 걸렸더라도 그래야 지금의 그의 존재와 행동이 공감을 얻을 수 있으니까. 인간은 때론 기억하고 싶은 것만 기억하고, 기억에 자신의 욕망을 덧칠을 하기에 '기억'이 모두 '사실'은 아니다. 영화는 이를 무시했다. 더구나 살인자에게서. 김병수의 기억이 사실이라도 살인은 정당화될 수는 없다. 그것이 소설에서의 정신병적 행위이든, 영화에서 악에 대한 응징이든.

물론 병수도 소설과 영화에서 죄의식을 드러낸다. 오래전에 자살한 누이가 수녀의 모습으로 나타나자 "나 벌 받는 건가"하고 물어본다. 그에게 벌이란 다름 아닌 기억상실이자 기억혼돈이다. 그러나 기억을 잃는 것이 자기 소멸이라고 죄도 따라서 소멸되는 것은 아니다. 비슷한 악의 존재를 막았다고, 자신에게 소중한 생명을 구했다고 죄가 상쇄되는 것도 아니다. 소설은 그 사실을 잘 알고 있다. 반면 영화는 그런 것에 개의치 않는다. 살인마의 기억과 시간에 대한 성찰보다는 가슴 졸이는 사건 전개에 매달렸다.

기억상실로 위기감을 높여 관객이 긴장감을 늦추지 못하게 만들었다. 김병수와 민태주의 대결, 딸에 대한 사랑, "언제나 나는 아빠 편"인 은희가 가야 할 곳은 뻔하다. 민태주에게 납치된 딸을 구하기 위해 '기억'을 붙잡으려 발버둥치는 아버지를 누가 욕하고 가로막을 수 있겠는가. 딸을 위해 "너는 내 딸이 아니니까. 살인자의 딸이 아니다"라는 아버지를 누가 함부로 비웃겠는가.

이렇게 영화는 "진짜 죽어야 할 사람은 나밖에 없다"면서 마지막 기억을 붙잡고 딸을 구한 김병수에게 면죄부를 주려 했다. 물론 세상은 그에게 죄를 묻고 벌할 수 없다. 공소시효도 끝났고, 그는 치매에 걸렸다. 그의 기억이 첫 살인<sup>아버지</sup>을 저지르기 전인 열다섯 살로 돌아간 것도, 은희를 누나로 착각하는 것도, 은희가 그가 소망하던 하얀 운동화를 신겨주는 것도 이 때문이다. 〈박하사탕〉의 영호처럼 처음 '순수'의 자리로 돌아간 셈이다.

그러나 영호가 달려오는 기차를 마주하고 "나, 돌아갈래"라고 외쳤지만 돌아갈 수 없었듯이, 병수 역시 아무리 기억을 지우고 열다섯 살로 돌아가더라도 이미 지나온 시간은 그의 것이 됐다.

그럼에도 불구하고 영화는 마지막에 가서 새삼 "너의 기억을 믿지 마라, 태주는 살아있다"는 말로 지금까지 벌어진 일들이 진짜인지, 기억의 조작인지 알 수 없다고 고개를 갸우뚱거린다. 속편을 만들 욕심인지 모르겠으나 영화라고 제멋대로 되돌려서는 안 된다. 병수는 문화센터에서 만난 여자에게 "영화는 안 본다"고 했다. 가짜이기 때문에. 그 마음을 알 것 같다. 소설 『살인자의 기억법』을 기억하면 할수록.